TODO VUELVE A EMPEZAR

TODO VUELVE A EMPEZAR

MARIA SELLAS PALAT

Traducción de Lucas Gonzalvo Valls

◯ Plata

Argentina – Chile – Colombia – España
Estados Unidos – México – Perú – Uruguay

ISBN: 978-84-10439-03-0
E-ISBN: 979-13-87557-91-1
Depósito legal: M-15.475-2025

Fotocomposición: Urano World Spain, S.A.U.
Impreso por: Rodesa, S.A. – Polígono Industrial San Miguel
Parcelas E7-E8 – 31132 Villatuerta (Navarra)

Impreso en España – *Printed in Spain*

Para Edu.

Quan d'un cel blau del nord
somriguin núvols blancs i bufi el vent
i els teus pulmons s'inflin com veles
i el sol t'escupi raigs al front
Quan els pit-rojos i les caderneres
els gaigs, les garses i els mussols
refilin a l'uníson una melodia
que tens al cor, potser comencis a sospitar
(i tothom sap que la sospita és la primera forma de fe
que existeix)
Quan recuperis tots els fragments
d'aquest naufragi que és la memòria
(…)
és que tot torna a començar

Mishima

CAPÍTULO UNO

L a pantalla del ordenador parpadeaba. Sofia suspiró. Agarró el cable y, por enésima vez aquella mañana, intentó asegurar la conexión con desgana, hasta que la imagen de su perfil de LinkedIn volvió a estabilizarse en el monitor.

Aquel día, tampoco. Nada. Ni rastro de ninguna oferta que la entusiasmara lo más mínimo y en la que depositar sus penosas esperanzas de que su próxima parada no fuera el paro y una cuenta bancaria que tendía a cero.

Alzó la vista del ordenador. Un Miró original le devolvió la mirada desde la pared del otro lado del estudio y Sofia sintió un vacío inmenso. Mario estaba justo bajo la obra de arte, con los auriculares puestos, como de costumbre, concentrado en lo que fuera que estuviera haciendo y ajeno al mundo, como de costumbre también.

—¿Qué haces? —dijo ella, en voz alta, mientras se levantaba de la silla y se ponía la chaqueta—. ¿En qué andas trabajando tanto, si hace meses que no entran proyectos? ¿Qué demonios te pasa? Podrías parar de una maldita vez y preguntarme por primera vez en tu vida qué planes tengo para el finde o si quiero bajar a tomar un café, como hacen los compañeros de trabajo normales, ¿no? —Sofia sacó el monedero y continuó, aunque sabía que nadie la escuchaba—. No, claro que no. No puedes. Nunca puedes. Pues ya bajo yo sola. Tranqui, ¿eh? Gracias por tu interés. Estoy bien. Muy bien.

Sofia se fue del despacho dando un portazo. Mientras bajaba las escaleras hasta la calle, sonrió, irónica, y pensó que se estaba desquiciando. ¿Era alarmante hallar placer en aquellos monólogos malvados que iniciaba con el único objetivo de desahogarse? No era nada personal contra Mario, en realidad. Respetaba que él fuera así. Mantenían una relación profesional y cordial cuando les había tocado coincidir en los proyectos, y eso era más que suficiente. Entendía que era reservado y que no iba al trabajo a hacer amigos. Los gritos eran una mera válvula de escape más en aquel despacho de arquitectura del Eixample, donde ya no quedaba nada más por hacer.

—¿Y si en verdad te oye y tú llevas todo este tiempo pensando que no?

Afortunadamente para su salud mental, con Leo, la camarera del bar de abajo, sí que se entendían, y Sofia encontraba en ella un refugio los días laborables a las diez en punto de la mañana.

—Madre mía, Leo, ¿te lo imaginas? —Sofia rio—. Aunque, realmente, creo que, si me oyera, ni siquiera se inmutaría. Quién sabe. —Leo también reía en lo que le preparaba el café con leche de soja habitual—. Te prometo que, en los tres años que hace que lo conozco, jamás lo he visto emocionado por nada, ni me ha hecho ninguna pregunta personal. A veces pienso que le pasa algo.

—Yo te lo cambiaba, ya lo sabes. Aquí la mayoría habla demasiado. El silencio no está tan mal.

Sofia bebió el café de un trago y pensó que quizá Leo tuviera razón.

—¿Cómo está el patrón del barco, por cierto? Ahora lleva días que no se pasa por aquí. ¿Tú lo has visto? —dijo Leo.

—¿Que cómo está? Pues desaparecido. El barco se hunde y ha decidido observarlo desde su maravillosa casa de la

Cerdanya. Y no lo culpo, ¿eh? Yo haría lo mismo, si estuviera a punto de retirarme y tuviera tanto dinero. Es una buena persona, ya lo sabes. Ha intentado lucharlo por Mario y por mí, pero ya se ha hartado. Es normal. —Suspiró—. De hecho, justamente hoy nos ha comunicado que no hemos ganado aquel concurso del Ayuntamiento, así que el final es inminente.

—Me sabe mal, cariño. Me tienes preocupada.

Sofia no quería meterse en un berenjenal y obvió el comentario.

—Y tú, ¿qué?

Leo asintió, sonriendo, y se fue a atender a un cliente que quería pagar.

—No se vale cambiar de tema, Sofia, que nos conocemos —le dijo alzando la voz desde la caja registradora—. De aquello otro, ¿cómo estás?

Sofia notó una punzada en el cuerpo y negó con la cabeza, dando a entender que prefería no hablar de ello. Leo no insistió y Sofia se quedó sentada frente a la barra, con la mirada perdida y el ruido de la máquina tragaperras que había junto a la puerta del lavabo taladrándole los tímpanos. Pensó que siempre sentía lástima por la gente que jugaba a eso, asumiendo que una vida que te lleva a tirar monedas a la basura una mañana cualquiera era una vida de mierda, pero enseguida, cual revelación, se dio cuenta de que realmente aquella realidad ahora mismo no estaba tan alejada de la suya y le vinieron ganas de vomitar.

—Hoy invito yo —le dijo Leo.

En cualquier otro momento de la vida, Sofia no lo habría permitido ni en el mejor de sus sueños. Pero estaba a punto de tocar fondo, así que se limitó a contener el llanto y a darle las gracias.

Cuando volvió a sentarse en la silla del estudio al cabo de unos minutos, Sofia, afligida y perdida, no hizo ningún esfuerzo en hacer creer a nadie lo contrario. Abrió el cajón, sacó el tabaco y, junto con alguna lágrima silenciosa pero gruesa, salió al balcón para que le diera el aire.

Aquel día era miércoles 15 de junio de 2022. Sofia, apoyada en la barandilla, mientras analizaba a un grupo de turistas achicharrados por el sol, pensó que, en sus veintiocho años, seguramente nunca se había sentido tan acabada y tan poco sintonizada con el mundo. Mientras que para todo el mundo había llegado la temporada de plagar las redes sociales con fotografías de playas paradisíacas y apologías a la piel morena, a los mojitos y a la felicidad fácil, y ya hacía semanas que la alegría, los pantalones cortos y la dulce promesa de las próximas vacaciones flotaban en las calles de la ciudad, para Sofia la única realidad era que justo comenzaba un invierno largo y escabroso, y que vendrían curvas, muchas curvas.

Y ella odiaba conducir.

CAPÍTULO DOS

Sacó el permanente negro del cajón de la cocina y, en la etiqueta, escribió: LIBROS. Hacía exactamente una semana y tres días desde la ruptura y, esa noche, mientras volvía a casa después de quedar con las amigas, había decidido que ya era hora de comenzar a empaquetar.

La verdad era que, de buenas a primeras, le daba una pereza terrible tener que acudir, como cada miércoles, a la cita semanal de confidencias amistosas en el bar Jabato; fingir que estaba bien para no preocupar demasiado al personal, escuchar falsas promesas de un futuro mejor, gastarse el dinero en cerveza cuando ni siquiera le gustaba. Pero ahora debía admitir que el resultado no había sido tan malo: con algo de alcohol encima y una decisión, las malditas cajas.

Fue hasta la estantería del comedor y, uno a uno, comenzó a seleccionar los libros de Manel. Aunque entre esos ejemplares había títulos que le traían recuerdos dolorosos de un tiempo feliz que ahora se le antojaba otra vida, hizo un esfuerzo titánico por limitarse a leer los lomos como si fuesen productos de la lista del súper.

Al acabar la primera caja, resopló y volvió a escribir con el permanente: LIBROS II. Después se resignó a repetir la operación. ¿Por qué se comportaba como una estúpida? ¿Por qué la rabia y el orgullo la habían cegado de esa forma y se había comprometido tan gratuitamente a hacerse cargo de una tarea fastidiosa que no le correspondía a ella?

A eso de las doce y media de la noche lo tuvo todo listo. Se dejó caer en el sofá y se dedicó una copa de vino tinto por aquella pequeña gran victoria. Ya solo quedaba empaquetar la ropa, los zapatos, los vinilos, las fotos y —por último, pero no menos importante— el alma. El alma de Manel, que aún lo inundaba todo.

Cuando se despertó a la mañana siguiente, tenía un mensaje de su madre preguntándole cómo estaba. Cada día se preocupaba más por ella, Sofia lo notaba. Y no la culpaba. En un abrir y cerrar de ojos, su hija había pasado de ser una arquitecta que trabajaba en un prestigioso estudio de Barcelona y vivía con el amor de su vida a ser una fracasada con el corazón roto y un pie y medio en la calle que probablemente tendría que volver a vivir en casa de sus padres. Demasiado para digerir en demasiado poco tiempo, y más para una madre como la suya, que ya había más que asumido y presumido el espléndido enderezamiento vital de Sofia, y ahora tenía que entender que no, que todo había sido una ilusión, que su hija no había superado el periodo de prueba.

Sofia comenzó a marcar el número de su madre, pero finalmente prefirió meterse en la ducha. No se veía con ánimo de hablar con ella. Dejó correr el agua fría y se limitó a existir durante dos minutos. Después se vistió en un santiamén, bebió el café de un trago y se fue al despacho como una bala. Nada ni nadie la esperaba, pero ella se obligaba a ir escopeteada cada mañana y a llegar puntual de todas formas. Ese cachito de rutina, aquel hábito, era de las pocas cosas que le quedaban de su realidad y a las que poder aferrarse para sentir que aún no había sido expulsada definitivamente de la rueda del sistema, y la ayudaba también a asimilar más rápidamente el hecho de que no hubiera nadie junto a ella al despertar.

Encendió el ordenador y revisó las novedades del perfil de LinkedIn un día más. Nada de nada. Cómo no. Comprobó los filtros de búsqueda que había establecido unos meses atrás, cuando comenzó a detectar que el ritmo de trabajo en el estudio caía en picado. ¿Quizá tenía unas expectativas demasiado elevadas para su perfil? ¿Quizá exigir un sueldo de más de dos mil euros al mes teniendo un grado en arquitectura y un máster en urbanismo era pedir demasiado? Cambió los filtros, resignada, y aparecieron unas cuantas ofertas, pero todas insultantes. Le hervía la sangre. Buscar trabajo era demasiado humillante.

Agarró el móvil y respiró hondo. Había decidido hacer un crucigrama para distraerse cuando vio que su madre la llamaba.

—Estoy bien, tranquila, sí, mamá, calma, por favor.

Sofia se levantó de la silla, con los ojos en blanco, y se dirigió hacia la ventana.

—¿Dónde estás, hija? ¿Qué haces?

—En el estudio, viendo la vida pasar.

—Y te parecerá bonito. —Su madre había alzado la voz de golpe y Sofia se asustó.

—¿Qué quieres decir?

Y entonces le cayó el chaparrón. «No puedes seguir así, Sofia». «Tienes que espabilar». «Tienes casi treinta años». «Es que tu padre y yo ya te lo decíamos». «Y ¿qué harás ahora?». «No estarás llorando, ¿no?». «Pero no estés triste, mujer». «Nos preocupas». Sofia cerró los ojos y dejó que la lluvia la empapara.

Quería colgar, porque aquellas palabras no la ayudaban en absoluto, pero esperó pacientemente en silencio. Sabía bien lo que pasaba, porque había pasado toda la vida. Era su dinámica habitual. Sofia no podía estar nunca mal; ella no podía sufrir, ni llorar. Porque sus padres eran incapaces de aceptarlo. No podían entender que, lamentablemente, su hija era humana y también se le había asignado la dosis de desgracias y de malos días que ello comportaba. El amor o las expectativas que tenían puestas sobre ella los cegaban y, en lugar de consolarla y apoyarla cuando pintaban bastos, se enfadaban tanto con el mundo que la atacaban a ella. Tras dos años de terapia, lo había entendido. Seguramente habría sido más fácil pedirles un abrazo sentido, una rebaja en el menosprecio por su sufrimiento, un simple «estamos contigo, llora lo que necesites, todo irá bien», aunque todo fuera fingido y artificial, pero Sofia sabía que cualquier petición habría caído en saco roto. No sabían hacerlo mejor. Ni tampoco querían hacerlo.

Suspiró.

—¿Has acabado ya? —replicó Sofia con voz calmada—. ¿Sabes? No te he pedido ayuda, ni consejo. Entiendo que papá y tú estéis preocupados, pero ahora mismo no os necesito y tus palabras no me ayudan. Respeta mis decisiones. O mis no-decisiones, da igual, qué más da. Respeta mi tristeza por una vez. Creo que no pido tanto.

Ahora sí, colgó. Tabaco en mano, salió al balcón un día más para gozar de su recién estrenado vicio. No sabía ni ella por qué había comenzado a fumar. Solo sabía que cuadraba bien con su estado de ánimo y que, de una forma que no lograba entender, aliviaba esa amalgama de penosas sensaciones.

Aquel día no había mucho movimiento en la calle. Una cotorra se había posado en la rama del plátano del chaflán y la miraba fijamente.

—No me mires así. Ayer me puse con las cajas de Manel y cada día busco trabajo. No está tan mal.

El pájaro seguía quieto. Sofia se encendió un cigarro. Pensó en la charla que acababa de tener con su madre.

—Son unos exagerados los padres. Por suerte, este trauma lo tengo superado, ¿sabes? Ya no me afecta. —Dio una calada—. La putada es que ahora a ver quién les dice que necesito recuperar mi habitación. —Soltó una carcajada seca—. ¿Tú qué harías? —Silencio—. Ya, yo tampoco tengo mucha idea. La vida me lo ha servido todo junto, fíjate tú. ¡Pam! ¿Crees que es una señal? Un final de ciclo, como dicen.

La cotorra graznó de forma estridente y alzó el vuelo. Sofia respiró hondo.

—Ya. A lo mejor debería hacer lo mismo.

CAPÍTULO TRES

Se había imaginado muchas veces huyendo de la ciudad para ir a cuidar un rebaño de ovejas en mitad de la nada o para ayudar a construir una escuela en la otra punta del mundo, pero en el fondo jamás se lo había imaginado de veras. En realidad, aquello eran aventuras en las que se enfrascaban otros y que ella se planteaba en formato de imposible, de vida paralela, de tiempo verbal sin conjugar. Pero a veces solo basta con hacerse una sola pregunta para cambiar de idea: «¿Por qué no?».

Habían pasado tan solo dos días desde la charla con la cotorra —y con su madre—, pero había surgido un buen número de temas. El primero: ya era oficial, el barco se había hundido y tenían hasta el viernes siguiente para recoger los bártulos en el estudio. El segundo: Manel se había puesto en contacto con ella por primera vez tras su partida para reclamarle sus pertenencias. El tercero: una de sus mejores amigas había anunciado que se casaba y, mientras su WhatsApp rebosaba de felicidad, por dentro, el sentimiento de estar fuera de lugar se había agudizado hasta el infinito.

Decidió cortar por lo sano. Era sábado. Se levantó temprano, se puso el chándal corto de cuando jugaba al vóley y acabó las cajas de Manel. Sudó como nunca. Lo odió como nunca. Pero tener que meter y apretujar, con furia, sus horrorosas camisas de leñador, reencontrarse con los calzoncillos agujereados que, a pesar de la insistencia de Sofia, él no había sido capaz de renovar, y tirar por fin aquel cepillo de dientes con las hebras destrozadas fue, en parte, terapéutico.

Hizo una pausa para comer; se dio una ducha, se calentó una lasaña congelada y se la zampó con el telediario de fondo. Aprovechó para escribirle a Manel: Ya puedes pasar a recoger las cajas. Revisó los mensajes pendientes. Su madre le había vuelto a preguntar cómo estaba. Eso era todo. Abrió el chat, pero no contestó. Se querían, pero su relación requería pausas reflexivas de vez en cuando.

Abrió el armario y, después de que la angustia inesperada de encontrarse ahora con toda una mitad vacía le recorriera el espinazo, escogió una blusa blanca de lino y unos tejanos negros. Consideró que el conjunto era lo bastante elegante y que estaría a la altura del gran evento que tenía programado para aquella tarde: despedirse del estudio donde había pasado tantísimas horas en los últimos años.

Se observó en el espejo. Se recogió la melena de color castaño claro con una pinza y alguna lagrimilla asomó a sus ojos marrón oscuro. Cerraba etapas, puertas y ventanas. A cal y canto. Enterraba una estructura vital compleja, pensada y elaborada. Decía adiós a personas y lugares que le habían colmado el corazón y ya no volverían a hacerlo jamás. Y el vacío que venía era verdaderamente apabullante.

Pensó en llamar a Lara para oír una voz amiga. O en ponerse una canción motivadora. O en hacer lo que fuera para animar el panorama. Pero aquel era un día triste. Así que cedió y pensó que era justo dejar que lo fuera.

Y eso hizo. Cerró la puerta de casa pensando que era-la-última-vez-que-la-cerraba-para-ir-al-estudio, tomó el ferrocarril pensando que era-la-última-vez-que-lo-tomaba-para-ir-al-estudio y cedió el asiento a un anciano pensando que era-la-última-vez-que-cedía-el-asiento-de-camino-al-estudio. Y así con todo.

Hasta que llegó al portal familiar, donde ya estaba Carles. Sofia le había dicho que no esperaría al viernes siguiente, que aquel mismo sábado ya pasaría a recogerlo todo, y él había bajado expresamente desde la Cerdanya para acompañarla. Carles era un hombre entrañable que Sofia apreciaba mucho. Al fin y al cabo, le había proporcionado lo que todos buscamos en esta vida: una oportunidad, y haber sido testigo de su amor y su respeto por la arquitectura durante aquel tiempo había sido una delicia.

Se dieron un fuerte abrazo. Él sonreía, tranquilo. Llevaba años curado de espantos y ya nada le parecía demasiado grave. Tenía el alma en paz y lo irradiaba a cada segundo, y aquella sensación siempre había inspirado a Sofia a reflexionar sobre las verdaderas prioridades.

—¿Subimos? —propuso ella.

—Subimos —confirmó él.

Respiró hondo. Era-la-última-vez-que-subía-las-escaleras-hasta-el-estudio. Carles iba despacito, ella sentía el peso infinito de cada escalón.

Limpió el cajón. Observó el Miró. Encendió el ordenador para vaciarlo. Cuando la pantalla se iluminó, Sofia rio. El perfil de LinkedIn seguía ahí, como una pesadilla que te persigue, como un recordatorio impertinente de tu desgracia.

—¿Has encontrado algo? —preguntó Carles con lástima. Estaba recogiendo libros a su lado.

—El panorama es desolador, no te engañaré.

Entonces, Carles le dijo:

—¿Me dejas un momento? —Y se adueñó del ratón y del teclado. Borró todos los filtros de búsqueda que Sofia tenía puestos y pulsó «buscar»—. ¿Ves? Hay más de trece millones de ofertas de trabajo de cualquier cosa en cualquier punto del planeta. A lo mejor podrías replantearte tus límites, Sofia.

Y no económicamente hablando. Ya me entiendes. Eres una buena arquitecta. Pero no solo eres eso. Y el mundo es tan grande; las posibilidades, infinitas. Sé que estarás bien. Sé que saldrás adelante.

A Sofia le escocían los ojos. No sabía ni qué decir. Se limitó a asentir. Después borró el historial del navegador y todos los archivos personales del ordenador, y lo apagó para siempre.

—Creo que ya está todo, Carles. Podemos irnos.

Cerró la puerta del estudio con cuidado. Dejó la mano en el pomo unos segundos. No quería soltarlo. Ahora sí: había llegado el último paso, la culminación de aquel triste sábado. El vértigo era impresionante. Recordó la primera vez que había abierto esa puerta, hecha un manojo de nervios e ilusión. Había llovido mucho.

Ya solo quedaba Leo. Pero en su caso no era una despedida, sabía que continuaría viéndola. Aquello, pues, sería más fácil, se dijo; una cara familiar y amable, una recompensa tras todo el drama. Pensar en ello la animó un poco.

Cuando entraron en el bar, sin embargo, ella estaba de espaldas, en la barra, ocupada con los cafés, y Sofia, que llevaba un rato posponiendo la siguiente dosis obligada de llanto, al verla, de repente no tuvo tan claro que fuera capaz de contenerse hasta llegar a casa. Respiró larga y profundamente unas cuantas veces para calmarse mientras Carles se le adelantaba para ir a saludar. Se forzó a no mirar las máquinas tragaperras. Dio dos pasos adelante.

Leo salió a abrazarla enseguida.

—Cariño, aquí tienes tu café con leche de soja. Hoy aliñado, ¿eh?

Sofia sonrió, visiblemente emocionada. Brindaron con las tres tazas.

La había cuidado bien ese par, pensó.

—Y ¿qué? ¿Has encontrado algo, cariño?

Carles, divertido, contestó por ella.

—Sí, ha encontrado trabajo en Honolulu, ayudando a llevar una escuela de surf.

Sofia negaba con la cabeza, riendo. Esa era una de las ofertas de trabajo que habían aparecido en LinkedIn cuando Carles había llevado a cabo su «propia búsqueda». Leo, inocente y cegada por la bondad de Carles, se lo creyó.

—¿De verdad me lo dices?

Sofia no podía parar de reír.

—¡Claro que no!

Y entonces fue cuando Leo, para bien o para mal, lanzó la pregunta:

—Y ¿por qué no?

CAPÍTULO CUATRO

L legar había resultado ser una odisea. Pero allí estaba. Llovía a cántaros, hacía un frío inesperado y era tarde. Sacó las maletas del taxi, que la había dejado al final de la carretera, justo frente a una pequeña plaza, y en seguida se quedó sola en aquella oscuridad eclipsada por las farolas que llevaban a cabo su función de forma deficiente. Encendió la linterna del móvil para evitar males mayores.

La lluvia comenzaba a calar y pensó en sus sandalias, en sus *shorts* tejanos y su camisa negra de tirantes, y maldijo su —claramente pobre— previsión. Intentó activarse deprisa y buscar la dirección de su destino final en el móvil, pero la suma de la cortina de agua, la poca cobertura, el sufrimiento por la inundación inminente del disco duro de su portátil y las manos congeladas y ocupadas sosteniendo el cojín de viaje le hizo entender que su prioridad tenía que ser cruzar la plaza para ponerse a cubierto donde fuera. Se colocó el aparato entre los labios para poder tener las manos libres y arrastró las maletas, primero por el asfalto y después por el suelo de piedra. No le costó nada sentirse fatal. El silencio en aquel lugar adormecido era profundo y ella lo estaba rompiendo de forma criminal. Pero era una cuestión de supervivencia, así que siguió avanzando como pudo.

Poco después llegó a la primera casa. Agobiada e insegura, volvió a dejar las mochilas en el suelo y recuperó el móvil. Pero allí incluso había menos cobertura. Estaba empezando a desesperarse. Ni siquiera podía llamar al número de contacto que le habían dado. Pensó que era imbécil, que no podía comprender en qué momento había aceptado que aquella temeridad era una buena idea. Probablemente, aquel fuera el problema: que ni tan solo lo había pensado. Que se había dejado llevar por la corriente de los que le habían dicho que fuera valiente, que «saliera de su zona de confort», que el mundo la estaba esperando, que no tenía nada que perder. ¡Y se lo había creído! Como si fuera una ridícula principiante. Seguro que se mearían de la risa a su costa.

Tenía ganas de gritar. De solicitar retirada, de hacer como si hubiera sido una broma, de levantar las manos al aire. No quería estar allí. Pero, obviamente, era demasiado tarde. Le tocaba comerse una primera y dura lección: escapar no te garantiza acabar en un sitio mejor.

Pero la verdad era que tampoco tenía ganas de oír la voz de su madre recordándole que se ahogaba en un vaso de agua en un futuro más cercano que lejano, y que tenía expectativas un poco más elevadas respecto a su propia muerte y redención, y quizá por eso se convenció para poner fin al drama y buscar una solución. Sabía que el pueblo era minúsculo y que el hotel no podía estar lejos. Recordaba vagamente la fachada de la casa por las fotos que había visto en Google; su amplitud, los ventanales con los postigos verdes, la pintura blanca de las paredes, cuarteadas. No podía ser tan difícil.

Y no lo fue. En absoluto. Encontró el hotel Bellavista al cabo de unos pocos minutos. Lo cierto es que encontrarlo tan rápido hizo que se sintiera estúpida, pero, sobre todo, aliviada. Tenía ganas de llegar a casa. O a lo que, en teoría, habría de ser su casa.

La puerta principal estaba cerrada. Dio unos golpecitos al vidrio. No contestó nadie. Volvió a inquietarse. De acuerdo que quizá esperar que la recibieran con carteles en el aeropuerto era hacerse muchas ilusiones, pero que directamente no la esperaran era demasiado.

Seguía sin cobertura, así que optó por comprobar si había alguna red de internet. Esta vez tuvo más suerte. Se conectó a una y, en seguida, le entró un correo de Louis Fourquier, el propietario del hotel, en el que le indicaba que, al llegar, buscara, por favor, la llave bajo el felpudo y subiera al primer piso, a la primera habitación de la derecha, la número cinco, y se instalara. La última frase le informaba de que, a las nueve del día siguiente, se conocerían.

La puerta soltó un buen chirrido al abrirse. El vestíbulo estaba a oscuras, el silencio era absoluto y olía a cerrado. La llegada no fue ideal, pero no se entretuvo a pensar en nada más salvo en el hecho de que al menos tendría un lugar donde dormir esa noche. Estornudó con fuerza, volviendo a perturbar la paz del lugar. Estaba congelada. Se dirigió a tientas a las escaleras. Todavía llevaba encendida la linterna del móvil y fuera aún diluviaba. El ambiente era tétrico, como una película de terror de lo más ordinaria. Subió las escaleras lo más rápido que pudo y llegó a la habitación. Allí, por fin, encendió la luz.

El cuarto era sencillo, pero tenía todo lo que necesitaba en ese momento: un baño y una cama de matrimonio que le recargara —por favor— las pilas para poder darle una segunda oportunidad a su nueva vida al día siguiente.

Mientras intentaba dormirse, no pudo evitar repasar un par de lecciones de Dolors, su antigua psicóloga —«Sofia, un mal inicio no es indicador de un mal desenlace», «Sofia, no encares con poca predisposición hechos, personas e historias que aún no conozcas, no prejuzgues», «Sofia, no te rindas a la primera de cambio». Inevitablemente, era proclive a creer que gozaba de un sexto sentido, una intuición infalible que le decía que por ahí no iba bien. Se creía especial, vamos, como todos. Pero no lo era. Al menos no en aquello. Entenderlo también había formado parte de sus años de terapia. Asimilarlo era aún algo en proceso. Añoraba a Dolors, se dijo. Y quizá por eso ahora estaba allí. Invocándola. Obligándose a recordar sus palabras. Habría estado muy bien una aparición estelar suya por la ventana. Aunque hacía tiempo que le había dado el alta, últimamente la había echado de menos, pero comprar una hora semanal de su tiempo para vomitar sus quebraderos de cabeza a cambio de consuelo y «herramientas» era un privilegio que ahora no podía permitirse tan alegremente.

No supo hallar la «frase» que le habría dicho Dolors, así que tuvo que remontar la situación pensando que, por probabilidad, todo iría a mejor. Y que, tras haber descansado, seguro que vería la vida de otra manera. De primero de secundaria. Pero suficiente.

Caer en un sueño profundo fue de todo menos fácil. Seguía diluviando y, aunque en su vida barcelonesa el sonido de la lluvia era un dulce somnífero, en su nueva vida era un tormento que alimentaba el miedo absoluto que le tenía a ese rincón del mundo tan inhóspito. Cerró los ojos para tratar de reducir estímulos y pulsaciones. Después, pensó en Manel. Y en Claudia, la Claudia sin apellidos, pero la Claudia que le había hecho odiar a todas las Claudias del mundo. También pensó en Carles. En sus padres. En las amigas. En ese pueblo. En el ruido frágil de los vidrios temblorosos. Hizo un repaso de todo lo que la mente encontró disponible. Hasta que se hartó de escucharse y, por fin, sucumbió.

Cuando la alarma sonó al cabo de unas horas, Sofia ya llevaba un rato despierta. Había dormido a trompicones, entre pesadillas y sustos, entre un calor terrible por el edredón en pleno julio y el frío gélido cada vez que se destapaba un poco la pierna, entre nervios inevitables y pensamientos absurdos. No se oía ni a una mosca y eso la inquietó. Estaba en un hotel de montaña, en pleno julio, eran casi las nueve de la mañana y el resultado de todo aquello era un silencio absoluto. ¿Y si el anuncio era una estafa? ¿Y si la secuestraban?

Se lavó la cara y abrió los postigos. Lo que vio le apaciguó un poco el ánimo. La ventana daba a la plaza y, más allá, había aparecido la cresta de una montaña extensa, ordenada y elegante. Pensó que al menos había sido bonito arrojar luz en aquella oscuridad. Quizá fuera cierto que huir no te garantizaba acabar en un lugar mejor, pero sí que te garantizaba acabar en un lugar diferente, se dijo. Una nueva oportunidad inevitable. Un nuevo inicio obligado. El resto dependería de ella.

No hizo la cama. Se vistió y, con un dolor de barriga horroroso, abrió la puerta, dispuesta a bajar.

El primer ser humano de su nueva vida apareció justo ahí, al otro lado del pasillo.

—Tú debes de ser Sofia.

CAPÍTULO CINCO

Desde la ducha solo se veía bosque. Y más bosque. Y más bosque. Para Sofia, acostumbrada a vistas de ventanas diminutas de patios interiores y de gres porcelánico, aquello le parecía increíble. Por eso, cada vez que se rendía a aquel chorro de agua hirviendo, el resto del mundo se difuminaba. Prolongaba ese rato cuanto podía. Después se escurría el agua del pelo y se sentaba en la cama con la toalla atada bajo la axila. Ese momento era su preferido de su nueva rutina. Seguramente porque era fácil y agradable. A diferencia de casi todo el resto.

El primer día había resultado ser el más incómodo. Si bien es cierto que los inicios siempre cuestan, y eso lo sabe todo el mundo, aquel había costado especialmente. Nada más salir de la habitación, había conocido a Louis. Sofia, con la esperanza de hallar en él un primer indicio de bondad o de seguridad en aquel pueblo perdido en mitad de los Alpes franceses, se había vuelto a desilusionar. Así de claro: las pocas palabras que le había dirigido habían sido que allí no había nada que hacer, que se podía ir por donde había venido. Sofia se había quedado de piedra en el pasillo, ante la puerta de la habitación, y él había bajado las escaleras hasta el comedor tan pancho.

La segunda figura humana de su nueva vida había aparecido unos segundos después. Sofia todavía estaba tratando de darle sentido a todo aquello, plantada ahí como un pasmarote, cuando aquel joven, más o menos de su edad, de perfil muy francés —pelo y ojos claros, alto, de torso robusto y con cara de pocos amigos—, había anunciado con un tono seco y sin sonreír que se llamaba Julien, que era el hijo de Louis, y que no hiciera caso a su padre, que llevaba tiempo enfadado con el mundo. Y, a continuación, también había desaparecido escaleras abajo. La expresión de desconcierto de Sofia no había menguado. No había entendido demasiado si aquella intervención había añadido más leña al fuego o si realmente lo había intentado apaciguar. Lo único que tenía claro era que no sabía cuál era el siguiente paso. ¿Bajar indignada y tratar de conseguir alguna respuesta? ¿Hacer las maletas y pedir un taxi? Todo empezaba a parecerle una pésima broma.

Optó por afrontar la situación una vez más. Nada que perder cuando todo está perdido, como es bien sabido. Cuando llegó abajo, no había ni un alma en el comedor. Era la primera vez que veía la estancia de día y la sensación que le causó fue, sin duda, especial. Por los ventanales, ahora con los postigos abiertos, se colaba la luz de la plaza y se vislumbraban unas mesas fuera. Pero lo mejor era todo el resto: azulejos de suelo hidráulico; paredes, techos y vigas blancas y antiguas, con enredaderas y plantas colgando sutiles y desordenadas; cinco mesas de madera más bien oscura, sencillas, todas coronadas con ramos de flores secas de colores pastel; y por doquier, mirara por la ventana por donde mirara, de nuevo la sierra, la cresta cubierta de bosque verde, poblado y frondoso.

Se dirigió a la entrada y en seguida vio a Louis y a Julien sentados a una de las mesas de fuera, charlando. Sofia abrió la puerta de vidrio e hizo su aparición, rompiendo por completo el momento. Afortunadamente, hablaba bien el francés.

Buena parte de su familia materna vivía en Nantes y se había acostumbrado a aquel idioma desde pequeña, lo que esperaba que la ayudara a hacer que la tomaran en serio o, como mínimo, a evitar la típica repelencia humillante tan francesa. Primero saludó con un *Bonjour*. Después preguntó si podía sentarse. No se reconocía en aquel papel de persona decidida, pero sintió que le favorecía bastante. Los dos se la quedaron mirando, expectantes.

—No sé quién puso la oferta en LinkedIn. Ni quién aceptó mi solicitud —comenzó—. Pero, sea como fuere, ahora estoy aquí. Demasiado tarde. Así que me gustaría que me dierais una oportunidad.

Louis se levantó y se fue. Julien rio.

—¿Quieres un café?

—Quiero un café y respuestas, si no es mucho pedir.

—De momento, tendrás un café y una tarea, ¿te parece suficiente?

Julien se retiró y Sofia lo esperó sentada. No había ido tan mal, a pesar del exceso gratuito de soberbia. Inspiró hondo. El aire era fresco y limpio; el silencio, apabullante. Observó las casas de la plaza. Todas eran de piedra, bajas y antiguas, algunas con la ropa tendida, otras con los ventanales cerrados. Alzó la vista. Las montañas y los bosques seguían ahí, por doquier. No le costó advertir que el pueblo estaba a una gran altura. Desde donde estaba ella, se podía ver otro pueblo a pocos kilómetros, notablemente más grande, a una cota más baja. Se distinguía perfectamente su iglesia. La estampa era de postal. No sabía cómo acabaría todo, pero al menos había tenido buena puntería al escoger su destino, pensó. No era Honolulu, vale, pero no estaba nada mal.

Julien volvió en seguida. Había traído dos cafés, una lechera rebosante y humeante, una panera con tostadas, mantequilla y mermeladas. Sofia sonrió y le dio las gracias. Julien no dijo nada más; se puso un poco de leche en uno de los cafés y se encendió un cigarro. Ella se hizo con una de las tostadas.

—Y, bien, ¿cuál será mi tarea?

Julien la miró, dando una calada. Tenía una mirada profunda.

—Tratar de no cabrear a mi padre —dijo—. No me mires así. Es una tarea que no tiene nada de sencillo.

Sofia negó con la cabeza y le pidió un cigarro, que se guardó entre los dedos, apagado.

—No estoy para bromas... He dejado toda mi vida en Barcelona para venir a echaros una mano a cambio de alojamiento y comida. Si no queríais que os ayudara nadie, deberíais haberlo dicho antes.

—No me quiero ni imaginar cómo debía de ser tu vida allí como para haberla cambiado por esto —sentenció Julien.

Sofia alzó las cejas y abrió los ojos como platos. No había tenido nada de tacto, pero sí tenía razón. Encendió el cigarro.

—No sabes nada de mí —replicó ella.

—Ni tú de mí.

Sofia se bebió de un trago el café. El rostro de Julien se relajó.

—De acuerdo. Puedes encargarte de la recepción de los clientes. Es lo que más pereza nos da, a mi padre y a mí. Recibir a la gente, darles la bienvenida, ya sabes. —Sofia pensó que, tal y como lo había dicho, parecía estar orgulloso de ello, de ser antipáticos—. Pero ya verás que hay poco movimiento. Este hotel ya no es lo que era. —Hizo una pausa—. Te pasaremos un papel por debajo de la puerta cuando haya alguna llegada, si te parece bien. El resto del tiempo, tómatelo como libre.

Sofia asintió. Aquello era una pequeña victoria. Un primer paso en territorio hostil.

—Pero me enseñarás a hacerlo, ¿no?

Observó a Julien apurar el cigarro.

—Nosotros vivimos aquí. Yo en la habitación número tres. Está subiendo a mano izquierda. Allí estaré, si me necesitas.

Se fue sin decir nada más. Ella se quedó un rato más para terminar de desayunar, mientras pensaba en los dos hombres que acababa de conocer. Parecían agotados y asqueados de vivir. Había algo inquietante en esa forma de actuar, sobre todo en la de Julien, se dijo. Porque Louis solo tenía el típico perfil gruñón, nada más. Un viejo cansado, harto, falto de estímulos. Lo exhibía superficialmente. Pero Julien parecía esconder una turbidez profunda, un alma atormentada. Aun así, no sintió rechazo, al tenerlo cerca; lo que había sentido era más bien curiosidad.

Sacó el móvil y abrió el navegador. Todo apuntaba a que allí tendría mucho tiempo libre, así que quería hacerse una primera idea de los lugares y las actividades que ofrecía la zona.

Buscó información sobre el pueblo en que se hallaba: Venanson. Situado en los Alpes marítimos, en la región de Provenza-Alpes-Costa Azul, a setenta kilómetros de Niza, lo único que aparecía en la Wikipedia era que en el censo constaban 173 habitantes. Decidió cambiar el filtro de búsqueda y aceptar resultados en francés. Tuvo más suerte, claro. Tal y como ella imaginaba, el pueblo de Venanson se encontraba en lo alto del valle de la Vésubie. En las imágenes se veía claramente cómo el pueblo se había construido sobre un risco pedregoso, otorgándole el papel de mirador de toda la zona.

El pueblo que se veía desde la plaza de Venanson, que estaba a cuatro kilómetros, se llamaba Saint Martin, y contaba con al menos un millar de habitantes. Ambos pueblos estaban conectados por una única carretera que pasaba por aquella plaza, donde la había dejado el taxi.

Cómo no, la mayoría de propuestas de ocio se podían resumir en excursiones por la montaña y baños gélidos en saltos de agua. Nada de cines, ni tiendas, ni bullicio en las calles. La vieja Sofia lo habría encontrado de lo más aburrido y habría huido sin dudarlo, pero el proyecto de la nueva Sofia lo aceptaba con mucho gusto. Prometía ser un buen lugar para reordenar sus prioridades, para reconciliarse con la naturaleza y con el mundo, y para aprender a estar sola —sobre todo, esto último.

Decidió comenzar el viaje personal en aquel mismo momento y eliminó las redes sociales. Aparte de que casi no había cobertura, allí no las necesitaría en absoluto. Después se levantó de la silla. Había empezado a llover de repente. Volvió a dentro.

Louis y Julien jugaban al ajedrez en una de las mesas del comedor. Al oírla entrar, ni siquiera se inmutaron. Sofia subió a su habitación y se sentó en la cama. La madera del somier y del suelo crujió. Ahora que sabía que tenía tiempo y que estaba más tranquila, no pudo evitar fijarse en los detalles arquitectónicos de aquellos metros cuadrados. Todo era austero pero amplio, y con una luz agradable. Lo que más le gustó: los ventanales. El del baño, que daba al bosque, y el que había justo frente a la cama, que enmarcaba el paisaje montañoso, una invitación a descansar allí la mirada. Lo que más gracia le hizo: el bidet incondicional. Lo que más le sorprendió: las paredes de gotelé de color blanco deslucido, sin ningún cuadro ni fotografía, pero, sin embargo, con marcas en la pintura que indicaban que en otro tiempo sí los había habido.

Dejó en la mesita de noche sus diferentes cargadores y el libro *Sentido y sensibilidad*, de Jane Austen, que había empezado a leer al tomar el avión rumbo a Niza, y suspiró. Fin de la primera inspección.

Se levantó de la cama, se puso música suave y comenzó a ordenar su ropa. La mezcla del olor a madera y a humedad lo inundaba todo y, por una vez, lejos de molestarla, le gustó. Encajaba en aquel espacio que, como arquitecta, consideraba que tenía un potencial bestial y era triste que estuviera tan desaprovechado, pero que, como Sofia Ricart, una joven barcelonesa de veintiocho años en busca de su lugar en el mundo, era sencillamente perfecto.

CAPÍTULO SEIS

Tuvieron que pasar otros tres días, sumergida en una dinámica de lectura, horas de sueño, duchas eternas y soledad, hasta que, por fin, apareció el primer papel por debajo de la puerta. «11:30. Ethan Wandel. Sé amable». Eso era todo. Se lo encontró en el suelo hacia las nueve, cuando salía de la habitación para ir a desayunar, y así comenzaron los nervios. Releyó el «sé amable» unas cuantas veces. Era, por lo menos, irónico. Dejó la nota sobre la mesita de noche y bajó a prepararse un café, aunque tenía el estómago encogido. Había llegado el momento y tenía que estar a la altura si quería que contaran más con ella. Pero nunca antes había hecho ningún *check-in*, y no le habían dado la más mínima instrucción.

Tras el mostrador que había en el gran salón-comedor, estaban las llaves de las quince habitaciones y un ordenador que estaba apagado. Era lo único que había. Rezó para coincidir con Louis o con Julien antes de la hora de llegada, pero obviamente no pasó. En los pocos días que llevaba allí, apenas los había vuelto a ver. Llegaron las once y media y en el hotel Bellavista no había ni un alma.

Sofia se sentó y encendió el ordenador. En seguida le pidió una contraseña que no sabía. Probó con «hotelbellavista». Nada. «bellavistahotel». Tampoco. Lo dejó estar. Miró si había algún pósit en algún lugar o cajón, pero solo encontró fotocopias de documentos de identidad, carpetas llenas de facturas y un esmalte de uñas rojo, duro como una piedra. Pensó que se lo debía de haber olvidado alguna clienta, que dudaba que lo viniera a reclamar nunca. Iba a tirarlo a la basura cuando se dijo que quizá fuera mejor no alterar nada de aquel lugar sin permiso y lo devolvió al cajón.

Al cabo de pocos minutos, sonaron unos golpes fuertes y estridentes en el vidrio de la puerta de entrada, lo que desentonaba con el ambiente que reinaba en el Bellavista. El pomo se movió y apareció Ethan. Sofia notó el latido galopante de su corazón. En seguida cruzaron miradas y él le sonrió, enseñándole los dientes. Debía de tener poco más de treinta años. Iba solo y vestía de una forma extravagante: llevaba una especie de sandalias romanas, unos vaqueros azules rotos, una camiseta de cuadros rojos y negros, una gabardina beige que le llegaba por debajo de las rodillas y, en una mano, una mochila grande verdosa, remendada por todos lados. Era moreno y lucía el pelo corto y despeinado, que parecía tener historia. Tenía la cara sudada, los dientes blancos y cuadrados, los ojos oscuros y una expresión que no supo descifrar. Sofia se levantó de la silla y le devolvió la sonrisa.

—¿Quién eres tú? —dijo Ethan sin reparos.

—Me llamo Sofia. Tú debes de ser Ethan Wandel, ¿verdad? —dijo, servicial.

Él dejó la mochila en el suelo y se puso a caminar y a remirar la estancia con las manos apoyadas en la cadera. Sofia no sabía muy bien qué hacer.

—Todo sigue igual. Me encanta —dijo él, sin mirarla—. ¿Dónde están los demás? ¿De dónde has salido tú?

Ethan parloteaba alegremente. A diferencia de lo que hasta ahora había experimentado en aquel pueblo, él parecía amable, enérgico, extrovertido, aunque lo cierto era que Sofia también advirtió en él un rasgo extraño que no sabía ubicar, una especie de toque inocente o naíf, pero muy consciente y calculado.

Sofia le dijo que lo sentía, pero que no sabía dónde estaba nadie y le explicó que había venido para echar una mano en verano y que, de momento, se encargaba ella de gestionar las llegadas.

—Pues ¡ánimo y suerte! —exclamó Ethan—. ¡Lo necesitarás! ¿Te tratan bien o qué los Fourquier?

No sabía qué contestar. El instinto —o quizá la desesperación— la hacía confiar en aquel joven desconocido que había aparecido de quién sabía dónde y que parecía que podía entenderla, e incluso ayudarla, pero la razón y, sobre todo, la experiencia le sugerían que echara el freno.

—Podría ser peor —concluyó ella.

Ethan se apoyó en el mostrador y pidió la llave de la habitación número cuatro. Sofia, viendo su seguridad, obedeció. Después, él comenzó un recital de sus datos personales: Ethan Wandel, uve-doble-a-ene-de-e-ele, pasaporte número X34895… En seguida vio que Sofia no apuntaba nada.

—¿No rellenas mi ficha?

Todo aquello estaba siendo lamentable. Por suerte, Ethan parecía un cliente habitual y pensó que seguramente no lo tendría en cuenta. ¿Quizá fuera ese el motivo por el que le habían permitido estrenarse al otro lado del mostrador? ¿Y si todo era una farsa para mofarse de ella? ¿O una prueba? Optó por la confesión:

—Mira, la verdad es que es el primer *check-in* que hago. Para no saber, no sé ni la contraseña del ordenador. No me han dado ninguna indicación de nada. Lo siento.

Ethan rio y Sofia estaba a punto de dar por válida la hipótesis del paripé organizado, hasta que le dijo:

—No te preocupes. Déjalo. Esto quedará entre nosotros. No es la primera vez que vengo aquí... Esto para mí es como volver a casa —dijo sonriendo, orgulloso—. Mira, subo a dejar las cosas y, si te apetece, puedo enseñarte un poco el pueblo, ya que doy por supuesto que nadie se ha dignado a darte la bienvenida. Por cierto —añadió antes de irse—, la contraseña del ordenador es «Dauphin». Delfín, sí.

Sofia, emocionada por primera vez desde que había puesto un pie en tierras francesas, sonrió con ganas. Quería llorar. Y abrazarlo. Se limitó a aceptar la propuesta.

—Nada me haría más ilusión. Llevo aquí unos cuantos días y apenas he salido de la habitación. —Ethan arqueó una ceja, Sofia se intentó justificar—: Lo cierto es que no ha hecho muy buen tiempo... Pero hoy hace un día radiante y ya casi me he acabado el primer libro que llevaba. Mi falta de planes y de vida social me estaba empezando a preocupar, no te engañaré. Muchas gracias, Ethan. —Se le hizo extraño pronunciar su nombre—. De veras. Aquí te espero.

—No tardo. —Él asintió, sonriendo, y subió las escaleras hacia su habitación.

Sofia volvió a posar el culo en la silla. La irrupción de Ethan había sido realmente imprevista, pensó. En pocos segundos sopesó mil hipótesis sobre de dónde venía, a dónde iba, quién era y qué lo traía al Bellavista. Las posibilidades eran infinitas y la verdad era que sentía curiosidad por su persona en el sentido más intenso de la palabra. Se moría por tener un diálogo normal con alguien, por poder entrevistarlo extensamente durante su paseo y comenzar a poner en claro, por fin, sus interrogantes.

CAPÍTULO SIETE

El pueblo tenía poco más de cuatro calles, así que el paseo prometía ser breve.

—¿Lista?

Sofia asintió. Enfilaron hacia la calle principal. Ethan no paraba de sonreír, se lo veía realmente a gusto y satisfecho de estar allí. Se había llevado una mochila e iba sujeto de las correas como un colegial. Sofia admiraba las casas que iban dejando atrás, todas con fachadas de piedra vista, sin decir nada. Ethan no tardó mucho en iniciar el discurso.

—En esta casa vive Emma, mi abuela favorita del pueblo. Ya la conocerás. —Hizo una breve pausa—. Y este gato es Milo, siempre anda por aquí, ya lo verás.

Ethan añadía apuntes a cada paso que daban y Sofia asentía, atenta a todas las explicaciones. Le gustaba recibir toda aquella información, aunque tenía claro que no sería capaz de retener nada de todo aquello al cabo de un rato. Pasaron por el austero ayuntamiento y por una placita, y poco después llegaron al final. Literalmente. Donde Sofia había imaginado un mirador de todo el valle como Dios manda, con unos muros sólidos, bancos largos y prismáticos públicos, solo había una casa. Se quedó un poco decepcionada. Ethan se dio cuenta.

—Tendrás que hacerte amiga de Angela, si quieres tener el privilegio de gozar de la mejor vista de la historia.

Sofia negó con la cabeza.

—No soy muy buena haciéndome amiga de los franceses, me parece. Todo apunta a que me tendré que conformar con llegar hasta aquí. —Dicho esto, se decidió a hacer la primera pregunta personal, alejada completamente de la historia contemporánea de Venanson—. Tú no eres francés, ¿no? ¿De dónde eres?

Desde el primer momento había notado matices en su acento que le habían hecho sospechar. Ethan rio.

—¡Claro que no lo soy! Pero llevo tanto tiempo entre ellos que he aprendido a mimetizarme —dijo, ufano, mientras llamaba al timbre de la casa sin decir nada más.

Una mujer mayor, delgadísima, con un delantal de cocina estampado con todos los nombres de las localidades relevantes de la Costa Azul, abrió la puerta y, al ver a Ethan, puso los ojos como platos y corrió a abrazarlo, mientras repetía la ilusión que le hacía tenerlo de vuelta en el pueblo.

—Angela, esta es Sofia. Viene de Barcelona. Me ha suplicado que echara mano a mis contactos para acceder al mirador. Me sabe mal, se ha puesto insistente… Si no, no me habría atrevido a molestarte, ya lo sabes.

Sofia se ruborizó y miró a Ethan, entre indignada y sorprendida. No tenía claro si aquella fanfarronería le estaba gustando. Quiso defenderse y decir que no era cierto, pero Angela soltó una carcajada y los invitó a pasar. En seguida llegaron al salón, donde unos ventanales daban al tan —ahora sí— esperado mirador. Era espectacular, tal y como se lo había imaginado, aunque desde allí daba verdadero vértigo. El valle se extendía a sus pies y se distinguían perfectamente distintos pueblos, como si fueran salpicaduras en un lienzo. Desde allí, cualquiera se vería capaz de dominarlo todo. Incluso ella, que desde que había llegado a Venanson se sentía más donnadie que nunca.

Se sentaron en el sofá y Angela fue a la cocina a buscar algo para beber. Se quedaron en silencio y Sofia pensó en el detalle que, a pesar de las notables distracciones, no le había pasado desapercibido: Ethan sabía su apellido y que era de Barcelona, aunque ella no se lo había dicho. Inevitablemente, reformuló la hipótesis de que Julien, Louis y él habían organizado un complot, y que Ethan, aun habiéndose hecho el sorprendido, ya había sido informado de con quién se toparía en el mostrador del Bellavista mucho antes de llegar. Y ahora él se había delatado, pero lo peor era que quizá lo había hecho a propósito, como si aquello se tratara de un juego.

Angela volvió de inmediato con unas copas de agua con sirope de melocotón. Les había puesto azúcar por los bordes y unas pajitas naranjas a conjunto. Sofia le dio las gracias y después Ethan propuso un brindis:

—¡Por aquí y ahora! —dijo.

Mientras Sofia mordía, distraída, los cristales de azúcar, Angela y Ethan se pusieron al día. Angela hacía preguntas genéricas sobre personas que ella no conocía —«¿Cómo está X?», «Has visto ya a Y?»—, y en seguida desconectó. El único dato interesante que extrajo Sofia de aquella conversación fue que Ethan se quedaría en el pueblo hasta el final del verano. No sabía qué relación mantenía con aquel lugar, pero sabía que sería la segunda pregunta que le haría nada más salir de la casa.

Se despidieron de Angela y de las maravillosas vistas y retomaron el recorrido por otra calle del pueblo, más estrecha que la anterior, y Sofia disparó:

—Así que sabes mi apellido y de dónde vengo, ¿eh?

Esa tenía que ser la primera pregunta, por supuesto.

—Sé más de lo que tú crees —replicó él, socarrón.

—¿Te lo ha dicho Louis? ¿Julien? ¿Habéis hablado de mí?

Silencio. Solo la sonrisa irónica, que ya parecía haberse instalado definitivamente en sus labios.

Sofia entendió en seguida que evitaba mantener una charla seria con ella, pero lo intentó una última vez:

—¿Y eso de que vienes a menudo? ¿Tienes familia aquí?

—Este pueblo es especial. Me gusta estar aquí.

Sugerente pero poco revelador. Sofia se rindió. Ya volvería a intentarlo más adelante.

El pueblo no daba para más, así que el *tour* pronto se dio por acabado. Subiendo la última cuesta de vuelta ya al Bellavista, se percató de que realmente podía contar los equipamientos con los dedos de una mano: una capillita, un parque infantil, el ayuntamiento y un cementerio, que optaron por visitar otro día, pues Ethan le había explicado que quedaba un tanto apartado. No había escuela, ni médico, ni tiendas. No había casi nada, pensó Sofia, pero era bien cierto, tal y como había dicho Ethan, que tenía *algo* que lo hacía especial. Al menos, en eso no la había engañado.

Cuando entraron en el hotel, aún no había rastro de Louis ni de Julien. Ethan le dijo que estaba cansado del viaje y que iba a echar una cabezada, así que se volvió a quedar sola. Todavía era pronto y dudó sobre qué hacer: si retomar la espiral introspectiva habitual volviendo a la habitación a leer, o si buscar una nueva actividad. Finalmente, se decantó por la segunda opción: se montó en una de las bicicletas que había amontonadas justo al entrar, a disposición de los clientes, y optó por seguir explorando el pueblo y sus entornos por su cuenta.

Enfiló la carretera principal y dejó las casas de Venanson atrás en menos de medio kilómetro. Esta vez había decidido ir en la dirección contraria; si hubiera ido hacia abajo, sabía que habría llegado al pueblo de Saint Martin, pero había preferido el camino de subida, rumbo al bosque, hacia la nada, pues le parecía que iba a ofrecerle un trayecto más emocionante y, sobre todo, menos transitado.

Pedaleó un buen rato. No se cruzó ni a un alma. Respiraba hondo el aire fresco, se atrevía a cerrar los ojos de vez en cuando, abrazaba el silencio, se sentía libre. O más bien liberada. Dedicó unos cuantos pensamientos a Manel, a sus padres, a sus amigas. Los sentía lejanos y era agradable. Pero, sobre todo, pensó en su vida paralela; en aquel pueblo de cuento y sus personajes herméticos y curiosos, en la soledad extrañamente confortable, en aquel mundo nuevo que no le ponía nada fácil, pero que gozaba descubriéndolo de aquella forma, poco a poco.

Dio la vuelta cuando, en un momento de lucidez, se dio cuenta de que se hallaba sola en medio del bosque, sin cobertura, sin rastro de lo que le era mínimamente conocido, y lo peor de todo: con unos nubarrones oscuros y amenazadores que habían invadido el cielo de repente.

Sofia se imaginó todos los escenarios catastróficos posibles, mientras pedaleaba con ansia. ¿Y si la atacaba algún animal? ¿Y si le caía encima un rayo o se perdía o tenía un accidente?

Obviamente no sucedió nada de todo aquello, pero llegó al Bellavista sudada como nunca y resoplando. Por los ventanales vislumbró a Julien, a Louis y a Ethan charlando y yendo arriba y abajo por el comedor, y sonrió. Dejó la bicicleta en su lugar. De repente se sentía inmensamente aliviada.

Por primera vez, sintió que había vuelto a casa.

CAPÍTULO OCHO

Pasó sin esperarlo ni pensarlo, pero la cuestión es que pasó. Una noche, Sofia se sentía lastimosamente sola y añoró a Manel hasta el punto de querer escribirle. Escapar de Barcelona estaba funcionando, pero no era infalible. Una historia como la suya no se borraba de un día para el otro, y menos aun teniendo en cuenta el terrible desenlace. Cuando te sustituyen por otra persona, el golpe es doble. A pesar del dolor, todavía no había desaprendido a quererlo. Seguía sin saber cómo no echarlo de menos. Aún era débil. Agarró el móvil. Se insistió en que no era más que su propia mente boicoteándola, se repitió una y otra vez que se arrepentiría de ello.

Y, finalmente, optó por descargarse Tinder.

Habían pasado un par de días desde que Ethan le había hecho de guía por el pueblo, y el retorno a la falta de movimiento y contacto humano a su vida desde entonces la había conducido irremediablemente a aquella situación. Era todo. Abrió la aplicación y se creó un perfil. La pereza de tener que escoger una foto suya y una frase que la definiera fue casi suficiente para hacer que desestimara la idea. Pero no. Colgó un retrato que le había hecho su madre durante el viaje a Corfú, un par de veranos atrás, en el que aparecía con gafas de sol y morena, y como descripción de perfil, puso: «Siempre hay flores para aquellos que quieren verlas», del pintor Henri Matisse. Era su frase de cabecera desde hacía años, consideraba que la definía bien. Pensó que quizá fuera hora de actualizarla —¡que ella había cambiado tanto!—, pero lo cierto era que no le apetecía en absoluto esforzarse en encontrar un nuevo lema vital en aquel momento. Limitó la búsqueda de candidatos a un radio de cinco kilómetros, especificó que estaba interesada en la categoría «hombres» —suspiro— y definió el rango de edad entre los veintiocho y los treinta y cinco. Pulsó «aceptar» y esperó que la tecnología hiciera el resto.

Solo apareció un resultado. En un primer momento pensó que era imposible, que había hecho algo mal durante el proceso, pero después recordó dónde estaba y llegó a la conclusión de que podía ser perfectamente real. Se planteó aumentar el radio de búsqueda o, mejor aún, abrirse a todo y no limitarlo a «hombres». Pero antes decidió inspeccionar el perfil del único hombre de entre veintiocho y treinta y cinco años en un radio de cinco kilómetros con ganas de sexo-amistad-lo-que-fuera. El valiente —¿o en todo caso iluso o desesperado?— se llamaba Victor, estaba a cuatro kilómetros y pensó que a Lara le habría gustado, pero que a ella no le iba. Supuso que vivía en Saint Martin y se sintió aliviada. Al menos no se lo encontraría por el pueblo. Sinceramente, era un tema que había obviado valorar antes de descargarse la aplicación y que ahora consideraba de gran relevancia. Teniendo en cuenta que allí todos se conocían, habría sido espectacular que, aparte de ser la novedad en el pueblo, corriera la voz de que también era la novedad en Tinder. Pero quiso confiar en que la influencia de Victor no llegaría tan lejos o, como mínimo, que existía un acuerdo tácito de confidencialidad entre ellos.

Victor tenía dos fotografías. En la primera, se lo veía de espaldas, montado en una bici. En la segunda, de cuerpo entero y, si bien tenía un buen tipo, su expresión no le despertaba nada. En otro momento de la vida, lo habría descartado sin pensárselo, pero tenía ganas de divertirse y no parecía haber ninguna otra opción a su alcance, así que aceptó. Pero no pasó nada. No hubo ningún *match*. ¿Él no la había aceptado a ella? ¿Tendría el perfil inactivo? En cualquier caso, se tragó el desencanto y cerró la aplicación. No podría ofrecerle mucho más.

Volvió la añoranza. La nostalgia de sentir el peso de un cuerpo, el tacto suave de unas manos y unos labios, el recital justificado de frases cursis. Pero no podía escribir a Manel. Se abrazó a un cojín y se tumbó. Intentó no pensar en nada. Lloró un poco.

Antes de caer en un sueño profundo, pensó en Ethan, que también había desaparecido del mapa como Louis y Julien, en aquel otro aparente intento fallido de hacer un amigo y de divertirse con alguien en aquel maldito pueblo. También pensó en Julien. En la única charla decente que había conseguido mantener aquella misma tarde, cuando él había entrado por la puerta del Bellavista con Louis, mientras ella leía en una de las mesas de dentro, porque fuera había avispas.

—¡Por fin! ¡Parece que me evitáis! —había empezado Sofia—. Os quería comentar el tema de los *check-in*… ¿me podríais dar un par de indicaciones?

Los dos llegaron con cara larga, lo que no encajaba demasiado con el tono de Sofia. Louis, sin responder, se había ido arriba, para variar. Julien se había acercado a su mesa, haciendo un esfuerzo por sonreír.

—¿Estáis bien? —había dicho Sofia.

—Sí, disculpa. Estamos teniendo unos malos días, no te engañaré. Sobre todo, él. —Había inclinado la cabeza en dirección a las escaleras—. No podemos estar mucho por ti. Pero Ethan ya se ha encargado de confirmarme que te espabilas sola. ¿Qué lees?

Aquel interés la había tomado desprevenida.

—Hago lo que puedo… —Ella había callado y levantado un poco el libro hacia él; había comenzado otra novela de Jane Austen—. Ya ves, me van los clásicos.

Julien, lejos de irse tal y como Sofia había esperado que hiciera, se había sentado a su lado un rato.

—Estoy cansado.

—¿Qué habéis hecho hoy?

—Nada especial. ¿Y tú?

Sofia había cerrado el libro, constatando lo frustrante que era la poca información que recibía cuando hacía preguntas.

—Yo... he tomado un poco el sol, he hecho un poco de bici, he leído... he hecho exactamente lo que hago casi cada día, vaya. Esto es lo que hacéis aquí, ¿no? —Había decidido añadir eso en el último momento.

—Esto es lo que hacemos, supongo, sí. Llevamos vidas tranquilas. O lo intentamos.

Sofia no había sabido decir nada más, así que había esperado que él continuara la conversación.

—Si te cansas, ya sabes que puedes irte cuando quieras —había dicho él, finalmente, con un tono vacío.

Sofia había puesto los ojos en blanco.

—Julien, ya sé que puedo irme cuando quiera. El tema es que no quiero. De momento, estoy bien. Necesitaba esto. Además, estoy segura de que me faltan muchas cosas por conocer aquí todavía. Deberé tener paciencia, simplemente.

Julien había sonreído.

—Eres cabezota.

—Soy amable y estoy segura de que nos llevaríamos bien, que es diferente.

Julien, ahora sí, se había levantado y se había quedado mirándola.

—Mañana iremos a pescar truchas de río con mi padre. Puedes venir, si quieres. Y así me lo demuestras. ¿A la ocho aquí?

CAPÍTULO NUEVE

No tenía muy claro cuál se suponía que era la ropa adecuada para ir de pesca y, frente al armario, se estaba poniendo de los nervios. De pequeña, a veces salía con sus padres a pescar la comida con una barca alquilada en el puerto de Palamós y la verdad era que se le daba sorprendentemente bien. Pero no era comparable, claro. Eran salidas en familia, fáciles y sin juicios; el bikini y la gorra que se pusiera o los peces que consiguiera eran hechos totalmente irrelevantes. Lo que tenía que hacer esa mañana, en cambio, no sabía muy bien qué era y aquello la mantenía en alerta. Se moría por ganarse la confianza de aquella gente, sobre todo la de Julien, y sentía que cada detalle contaba. Finalmente, dejó a un lado el tema del bañador —decidiendo directamente que no se bañaría— y apostó todo el riesgo al calzado: chanclas de río. Sin miedo.

Fue al lavabo. Se embadurnó la cara de crema solar y rio. Se sentía ridícula, exagerando el drama para variar, pero aquello no dejaba de ser una señal de que lo que venía a continuación le hacía ilusión. Por fin.

Bajó diez minutos antes de las ocho y Louis y Julien ya la esperaban en la puerta. Julien sonrió al verla, Louis no parecía tan contento. Se fueron sin desayunar siquiera. La ida en coche fue silenciosa y tensa —la barriga vacía de Sofia había hablado por todos—, pero afortunadamente también breve. En seguida llegaron al lago escogido para realizar la actividad, que era pequeño pero suficiente. El entorno era precioso, cómo no.

Aunque era pronto, ya había mucha gente en el lugar y las cañas de pescar oscilaban arriba y abajo con más ganas que acierto. Ellos se colocaron al lado del muelle de madera y saludaron a los vecinos a la distancia. A Sofia le dio la impresión de que, de alguna forma, cada cual tenía su lugar asignado y el suyo estaba francamente bien, así que asumió que la familia Fourquier debía de ser conocida y valorada en la zona.

Louis se puso a preparar las cañas en la orilla, y Sofia se sentó en el césped, más atrás. Julien estaba justo delante de ella, hurgando en la mochila, hasta que sacó un bocadillo, cerró la cremallera, se sentó a su lado y se lo ofreció. Ella lo rechazó, agradecida.

—No creas que te estoy cediendo mi desayuno. Es tuyo. He pensado que tendrías hambre y lo he hecho antes de irnos. Yo ya he desayunado. —Sofia alzó las cejas. Aquello era increíble. ¿Estaba Julien intentando ser amable con ella o estaba soñando?—. No sabía qué te gustaba. Te lo he hecho de queso —concluyó él.

—Queso está bien, gracias.

Sofia lo devoró sin miramientos. Notó de inmediato cómo la grasa y los carbohidratos la reavivaban. Julien seguía a su lado, arrancando hierba del suelo.

—¿Por qué no ha venido Ethan? —se animó a preguntar Sofia—. ¿Sois familia o algo así?

Julien la miró fijamente antes de responder. Tenía que confesar que, cada vez que se sentía observada por aquellos ojos, no sabía cómo reaccionar. Lo que sí sabía era que le encantaba que pasara.

—No somos familia, no, pero como si lo fuéramos. Hace tiempo que nos conocemos. Viene todos los veranos.

Sofia quería continuar preguntando, pero Julien se le adelantó:

—¿Y vosotros? ¿Sois amigos o «algo así»? —dijo él imitando su tono de antes.

Sofia se quedó desubicada.

—¿Quién? ¿Ethan y yo?

Julien asintió.

—Me habló de ti y de que te había enseñado el pueblo —precisó.

Sofia no entendía nada. Optó por exagerar y vacilarlo, respondiéndole con una evasiva fácil de malinterpretar:

—Pues la verdad es que no sé lo que somos.

Entonces Julien se levantó y Sofia no le pudo ver la expresión. Louis los estaba mirando, con la caña de pescar preparada, y Julien dio cuatro zancadas rápidas para ir a su encuentro. Ella se quedó sentada. El sol empezaba a hacerse notar y se puso las gafas de sol. No quería perderse ni un solo detalle. Observó a Louis, metódico y ordenado, concentrado. Después a Julien, imitándolo. *Vaya par,* pensó.

Louis no tardó en pescar la primera trucha de la mañana. Era fácilmente la primera vez que lo veía sonreír desde que lo conocía, ahora hacía poco más de una semana, se dijo. Era una buena pieza ese pez, se lo veía orgulloso. Sofia sacó el móvil e hizo una foto. Estaba segura de que en un futuro le gustaría recordar aquel momento.

Julien tuvo éxito poco después. Padre e hijo se abrazaron y se sintió aliviada al comprobar de primera mano que también había amor y felicidad entre ellos. Aunque hubiera que rascar para encontrarla.

—¿Quieres probar tú? —le dijo entonces Julien.

Sofia se levantó, indecisa, y se acercó a la orilla del río. Tomó la caña que le dio Julien. Lanzaron el anzuelo juntos y, al cabo de unos pocos segundos, Sofia ya notó que el nailon se tensaba, y estiró bien fuerte hasta que sacó la tercera trucha de la mañana. No había tardado ni dos minutos a tenerla entre las manos. Tanto Louis como Julien alucinaron. Sofia, en cambio, puso cara de satisfacción y recordó que, cuando pescaba con sus padres, siempre le pasaba lo mismo, como si tuviera un imán para los peces, aunque no tenía ni idea de pesca. Su padre decía que ella traía suerte y su madre siempre respondía que la suerte no existía, que era pura casualidad. Sofia nunca había sabido qué pensar. Fuera lo que fuere, había triunfado una vez más. Agarró la trucha de río, viscosa a más no poder, sacó el móvil del bolsillo y le pidió a Julien que le hiciera una foto. Y fue en ese momento, mientras posaba, que reparó en que justo detrás de Julien estaba Victor, el chico del Tinder.

Por suerte, Victor no la había visto. Su familia y él se estaban instalando justo al lado, dispuestos a hacer lo mismo que ellos, y estaba concentrado desenredando hilos. Sofia corrió a recuperar el móvil de las manos de Julien y, haciendo extraños movimientos, intentó a toda costa darle la espalda a Victor para evitar que sus miradas se cruzaran. Seguramente, él ni habría visto su perfil en la aplicación. O no la reconocería, aunque la hubiera visto. Pero la mínima posibilidad de que fuera al contrario la inquietó. Se volvió a sentar, fingiendo que miraba el móvil, con las gafas de sol bien puestas. Ya no podía pensar en nada más. Solo quería irse de allí.

Pero Julien se dio cuenta de la presencia de Victor y fue a saludarlo. Se conocían, como no podía ser de otro modo. Sofia rezaba por que Julien siguiera en su línea de persona antisocial y no pensara en presentarla. Y así fue. Pero Victor resultó ser más espabilado y soltó un:

—¿Y ella? ¿No me la presentas?

Julien la miró y ella se levantó, resignada. No había escapatoria posible.

—Ella es Sofia. Es de Barcelona. Ha venido a ayudarnos en el Bellavista.

Se saludaron con la mano, sin tocarse. Sofia sonreía a conciencia, mientras confirmaba que realmente aquel chico no le iba y maldecía el momento en que había decidido descargarse el Tinder —quizá habría sido mejor escribirle a Manel. Victor parecía cómodo. Era un poco chulo. No tenía forma de saber si la había reconocido o no. Prefirió pensar que no.

—Encantado, Sofia, soy Victor —dijo. Y después añadió—: Te daré mi número de móvil por si quieres ir a tomar algo un día de estos. Ya sabes, por si te aburres en este valle tan deprimente... —concluyó, riendo por su propio comentario.

Sofia se ruborizó. Seguía sin saber si la había reconocido o no, si aquello era una especie de conversación en clave o si simplemente era él que aprovechaba cualquier mínima oportunidad en aquel territorio inhóspito. En todo caso, aceptó su número para acabar de una vez por todas y se despidieron.

—¡Vaya! No paras de hacer amigos, ¿eh? —lanzó Julien, cuando ya se habían alejado un poco.

—Ya ves.

Sofia sonreía por dentro. De repente se percató de que aquel encuentro fortuito no había ido tan mal en el fondo. Pensó en alguna ocurrencia que pudiera soltar para aprovechar el tono de la situación.

—Ya te dije que soy amable. No es culpa mía si los demás se dan cuenta de ello antes que tú.

CAPÍTULO DIEZ

Llegaron tarde al Bellavista, así que decidieron dejar las truchas de río para la cena y cocinar algo rápido para la comida. Julien se dirigió a la cocina y, poco rato después, salió con tres platos de *gnocchi* a la carbonara. Mientras tanto, Louis y Sofia habían permanecido en silencio, sentados a la mesa, viendo la vida pasar. Los tres devoraron sus respectivos platos. Lo cierto era que estaba buenísimo y que a Sofia le sorprendieron las dotes culinarias de Julien. Era la primera vez que comían juntos. Hasta ahora, Sofia se había espabilado alimentándose de lo que había ido encontrando por la cocina, por lo general queso y ensaladas.

—Así que te gusta cocinar.

Julien no contestó. Seguía callado. Como si dentro de aquel hotel no estuviera permitido pasárselo bien o ser agradable. El rato en el lago parecía ahora una ilusión.

Entonces llegó Ethan. Los saludó efusivamente desde la puerta y reclamó a Louis. Le dijo que quería hablar con él. Louis se levantó y, con paso afligido, se dirigió hasta las escaleras. Desaparecieron y Sofia suspiró aliviada. En presencia de aquel hombre, se sentía tensa. En presencia de Julien, ya no tanto.

—Sí que me gusta cocinar. La gastronomía en general —dijo Julien, recuperando el hilo que Sofia creía perdido.

Se sonrieron.

55

—Me lo he pasado bien hoy, pescando. Gracias por invitarme. Me ha ido bien salir del pueblo.

—Creo que a mi padre le comienzas a caer bien —dijo Julien.

Sofia rio.

—Y a ti también. ¿A que sí? —Y tras un breve silencio añadió—: No sabía que le cayera mal a tu padre. Ahora entiendo muchas cosas.

Julien rectificó:

—No es que le cayeras mal. Le cuestan los cambios, simplemente.

—Ya sois dos, pues. ¿O me equivoco?

Él asintió y levantó las manos al aire, asumiendo cierta culpabilidad. Sofia quería seguir allí, charlando con él, pero tuvo que levantarse para ir a cumplir una promesa.

—Voy a la habitación. He de llamar a Lara, mi mejor amiga de Barcelona, que me escribe mensajes y no se los contesto, y ya debe de pensar que me he olvidado de ella o que me han secuestrado, vete tú a saber.

En seguida se sintió estúpida dando tantas explicaciones y calló. Julien sonreía. Colocó la silla en su sitio con cuidado y se fue.

Abrió la puerta de la habitación, se tumbó en la cama y revisó los mensajes. Su madre llevaba días insistiendo en llamarla, pero debería esperar. Esa tarde era el turno de Lara.

Lara era su amiga del alma desde siempre, y se conocían muy bien. Sofia, en general, era metódica, ordenada, responsable. Pero también tenía sus arrebatos, de blanco o negro, que le hacían dejarlo todo e irse a un pueblo perdido en mitad de la nada, borrar sus redes sociales, distanciarse de sus seres queridos. Lara respetaba sus silencios, su espacio, su manera de hacer, y Sofia lo valoraba.

Decidió presentarle los tres personajes de su nueva vida. Le habló de Louis, de su mal humor. Le habló de Ethan, de esa mezcla de amabilidad y arrogancia, de que no sabía exactamente qué hacía allí. Y le habló de Julien, de su porte francés y su simpatía intermitente, que, según había detectado, guardaba bastante relación con la presencia o no de su padre.

Lara le dijo que por Barcelona no se estaba perdiendo mucho. Que cada día hacía más calor, cada día se sentía menos valorada en el trabajo, cada día tenía el instinto maternal más desarrollado, cada día odiaba más haber accedido a vivir en un cuarto sin ascensor y tender la colada, y cada día las demás amigas del grupo se parecían más a sus abuelas.

Estuvieron más de una hora al teléfono. Cuando colgaron tras enviarse muchos besos, Sofia reconoció que había estado bien hablar con ella. Tener noticias de aquella otra vida, que ahora sentía ajena.

Se dirigió al alféizar de la ventana y la abrió. El aire fresquísimo, de montaña, le acarició el rostro mientras observaba el entorno. Ser testigo de la luz de la tarde golpeando las copas de los árboles era, verdaderamente, como si el alma se meciera, se dijo. Después se rindió a la evidencia: sus primeras intuiciones habían fallado, pues, a pesar de todo, tenía que admitir que el balance del retiro, de momento, era positivo. Aquellos paisajes bucólicos lo curaban todo y conquistar a su gente se había convertido en una especie de reto personal que la entusiasmaba.

Decidió bajar a leer a la terraza un rato antes de la hora de cenar. Le encantaba hacerlo. Antes de llegar a la puerta principal, oyó ruido de platos y cacharros de cocina, pero decidió no pasarse a saludar, asumiendo que no haría más que estorbar. Salió. Quitó el polvo de una de las sillas de plástico y abrió el libro.

No pudo leer ni una página. El jaleo que llegaba de la cocina se oía desde la terraza y la distraía. Levantó la vista y vio, a través de los ventanales de la entrada, el mostrador de recepción vacío y, más allá, la puerta de la cocina abierta y Julien con un delantal, batiendo huevos, concentrado. Cuando acabó con los huevos, se puso a cortar cebolla. Parecía que le habían empezado a llorar los ojos y ahora sonreía con más ganas, como si encontrara bellamente ridículo sucumbir a aquel aroma lacrimógeno una vez más. Después fue el turno de los pimientos. Se puso a silbar una melodía que a Sofia le llegaba atenuada. Se lo veía tranquilo, a gusto, disfrutando. Ella lo miraba con ternura. Estaba volviendo a comprobar en primera persona que, efectivamente, había un corazón tras aquella frialdad. Dos veces en un día. Récord.

Intentó seguir leyendo, pero era incapaz de concentrarse, cautivada por aquella estampa. Se le ocurrió dirigirse a la cocina a ofrecerle ayuda, deseando formar parte de ese momento tan íntimo y dulce. El problema era que no estaba para nada convencida de si lo estropearía todo o si, de lo contrario, estaría contento de verla. Imposible saberlo.

El corazón se le aceleró como a una estúpida cuando, por fin, tomó la decisión de ir. Se peinó el flequillo de camino. Llamó suavemente a la puerta de la cocina antes de entrar.

—¿Qué cenamos hoy?

No tardó demasiado en saber que había tomado una buena decisión. Julien se alegró de verla.

—Estoy probando una receta para acompañar las truchas que hemos pescado.

—Huele bien. ¿Necesitas que te eche una mano?

Sofia se apoyó en la encimera metálica, de cocina industrial. No sabía qué postura adoptar. Julien negó con la cabeza y le dijo que podía limitarse a hacerle compañía.

—Si te molesto, me voy —dijo Sofia, con la esperanza de obtener un «no» por respuesta. Psicología inversa de ser humano desesperado.

Julien soltó una carcajada.

—¿Qué? —se defendió Sofia—. No sé qué idea tienes de mí —se excusó.

¿Serviría aquel encuentro para profundizar en algo? Por favor. Sí. Julien fue hasta la nevera y sacó las truchas del lago.

—¿Qué quieres saber? —dijo él mientras encendía uno de los fogones.

Sofia no sabía ni por dónde empezar.

—Lo quiero saber todo. De ti, de vosotros… no lo sé.

El móvil de Julien estaba sobre la encimera, cerca de los dedos con las uñas mordidas de Sofia. De repente vibró. La pantalla se iluminó y Sofia no pudo evitar mirar. Julien estaba de espaldas a ella; acababa de echar las truchas en la sartén, mientras le decía que saberlo «todo» sería difícil, pero que podía probar con una primera pregunta.

Sin embargo, el interrogatorio tendría que esperar. Sofia se quedó en blanco. Lo que acababa de ver la había desconcertado del todo. De fondo de pantalla había una foto de Julien dándole un beso a la mejilla, sembrada de pecas, de una chica morena también de ojos verdes, guapa y feliz, que no había visto nunca antes.

CAPÍTULO ONCE

No podía dormir, así que desistió de continuar dando vueltas en la cama y se levantó, aunque eran poco más de las seis de la mañana. Era miércoles y eso significaba que tenía el día libre. Si bien era cierto que de normal no tenía precisamente un gran volumen de trabajo, el miércoles era su día libre oficial, el obligado por contrato, y por tanto el único día que no se sentía mal por no quedarse haciendo guardia en el Bellavista. Aunque no tenía ni idea de qué hacer con tantas horas, sí que sabía que tenía mucho por descubrir, así que solo tenía que decidir por dónde comenzar. Se regaló una ducha larga y, mientras se enrollaba la toalla en la cabeza como un turbante y se vestía, pensó en ir por primera vez a Saint Martin, la «capital», el pueblo que tanto observaba desde la terraza del Bellavista y que tanta curiosidad le generaba. Por lo poco que se podía adivinar desde Venanson, parecía bonito y, si bien hasta ahora lo había considerado inabarcable, fuera de su zona de exploración controlada, Google Maps le había indicado que no estaba tan lejos —solo a cincuenta minutos caminando— y que, por tanto, quizá podía valorar incluir una escapada en sus planes.

Comenzó el descenso poco después. El camino partía de la carretera y después se adentraba en el bosque. Estaba bien indicado y era sencillo, pero, aun así, la angustia de estar sola entre los árboles se hizo patente de inmediato.

Sofia se desesperaba. Odiaba tener tanto miedo a todo. Siempre había culpado a sus padres, a su sobreprotección, pero porque era lo más sencillo. Lo cierto era que raramente se permitía sentir miedo y aquello ya era más bien culpa suya. La reservaba para los parques de atracciones, para los mensajes de texto arriesgados y poco más. Diseñaba su vida para alejarlo, para reducirlo al mínimo. Intentaba controlarlo todo, que nada se le escapara, para que el ritmo del latido de su corazón no se desbocara nunca, para que la adrenalina no fluyera, para que su existencia fuera un paseo. Y, en parte, era genial, claro, pero en el fondo aquello la iba encogiendo. Ya no conducía, ya no salía a pasear de noche, ya no era capaz de entrar en los ascensores. Pensó en Manel y sus habituales «amor, mira el lado positivo: ¡subiendo las escaleras te pones en forma!», que siempre le habían parecido bien. Ahora se daba cuenta de que tal vez le habría tenido que responder que no tenía gracia, que no había nada positivo en que alguien hubiera hecho el favor de inventar el ascensor para ponernos la vida más fácil y que ella no fuera capaz de aprovecharlo. Y que tal vez él la tendría que haber ayudado a verlo. Pero ¿hasta qué punto era justo hacerlo responsable de sus *asuntos*?

En cualquier caso: ahora se encontraba allí, en mitad de un bosque desconocido y de una vida desconocida, y eso también tenía que reconocérselo. No todo el mundo habría tenido el valor, se dijo como consuelo. Pisó una rama y el crujido que soltó la devolvió al bosque, a sentirse viva en mitad de aquel monólogo interno tan aburrido y repetitivo. Decidió detenerse, recuperar el aliento, mirar por dónde iba y cuánto quedaba. Había hecho más de medio camino. Se sintió valiente y poderosa. Estuvo bien. El aire era frío y húmedo, y, aunque era pleno mes de julio, no le habría sobrado un jersey. El olor a pino era como un ambientador; fuerte, intenso, puro.

Prosiguió la marcha y en pocos minutos comenzó a encontrarse con las primeras casas de Saint Martin, desperdigadas sin orden ni concierto. En algunas había señales de vida, toallas tendidas, flotadores en las piscinas; otras seguían cerradas y Sofia, prejuiciosa, asumió que pertenecían a familias adineradas que ahora debían de estar en la costa y solo aprovechaban aquellas mansiones durante la temporada de esquí.

Buscó un supermercado en Google Maps. Era lo que más le urgía. Estaba harta de vivir de las sobras que encontraba en la nevera y, en parte, era uno de los motivos que la habían llevado a aventurarse en la excursión. Había uno de la cadena Casino cerca de donde estaba y se alegró mucho. Era pequeño, pero serviría. Fue directa a por las galletas y el vino. Era lo que más echaba de menos. Después, todo lo demás: champú decente, compresas, bastoncillos de pan, barritas energéticas y helado de vainilla. Pasó por delante de los preservativos. Hacía tanto que no compraba de eso, pensó. Por un segundo se preguntó por qué no. Por qué no incluirlo en su pintoresca cesta. Por qué no creer en la famosa ley de la atracción. Pero recordó dónde estaba y decidió ir a la caja.

La segunda parada fue la farmacia. Desde que estaba en Venanson una multitud de granitos le había poblado la barbilla y la frente, como en la secundaria. Pidió la misma crema que se ponía entonces, pero aquello era Francia y no se la vendían sin receta, así que acabó comprando una alternativa más suave en formato espuma y salió del establecimiento resignada a la idea de que muy probablemente tendría que aprender a convivir con aquellos viejos amigos.

Aprovechó que estaba cerca del centro del pueblo para perderse por algunas callecitas adoquinadas. No era especialmente bonito, pero valía la pena darse un paseo, y el hecho de que quedaba encajado entre las montañas le añadía un plus. A aquella hora no estaba muy animado, pero en la calle principal había unos cuantos restaurantes que supuso que se llenarían por la tarde. Le habría gustado poder verlo, pero no se imaginaba haciendo el camino de vuelta por el bosque en plena noche. Pensó en Victor, el del Tinder, y en su propuesta cuando se conocieron pescando. De nuevo, se preguntó por qué no. Se planteó escribirle. Proponerle salir a cenar, poner más emoción en su vida. Pero, finalmente, decidió dosificarse y reservar el comodín para otro día; aquel ya estaba teniendo suficientes emociones y novedades.

Le quedaba una tercera y última parada antes de volver a Venanson: la biblioteca. Para ella era un lugar ineludible allá donde fuera —refugio de noches de estudio, santuario de libros infinitos, espacio silencioso y agradable—. Pero, al llegar, la biblioteca estaba cerrada. En la puerta indicaba que solo abría dos horas cada mañana. ¿Lo podría haber mirado antes de salir? Obviamente. Pero no lo había hecho, y ahora aquella visita frustrada se había sumado a la lista de excusas para repetir la excursión a Saint Martin más pronto que tarde.

De un momento a otro, el cielo se enturbió y Sofia, que se encontraba ahora en la plaza mayor tomando el fresco en un banco, decidió ir tirando hacia el Bellavista. Al cabo de cinco minutos, cuando ni siquiera había llegado a adentrarse en el bosque y caminaba aún por las calles de las afueras del pueblo, comenzó a caer un chaparrón monumental. Su reacción inicial fue reír. El tiempo allí era un cambio constante y ella, acostumbrada al clima barcelonés y a que echar un vistazo rápido a primera hora de la mañana a la aplicación de la previsión del tiempo en el móvil fuera más que suficiente, aún estaba lejos de adaptarse.

Dudó qué hacer. Si ponerse a cubierto o si continuar su camino. A pesar de su cuestionable fiabilidad en un valle como aquel, la aplicación del móvil ahora anunciaba lluvia intensa para lo que quedaba del día, así que consideró que posponer la vuelta yendo en busca de refugio no habría hecho más que aumentar la angustia, y que lo mejor era continuar la marcha, aunque iba cero preparada para la ocasión. Quería llegar lo antes posible al Bellavista, fuera como fuere, y ducharse con agua hirviendo.

Si bien la cortina de lluvia era cada vez más espesa, llegó sin mucho problema hasta donde se iniciaba el tramo de bosque. Pero allí volvieron las dudas. La imagen de sí misma vagando por el bosque en solitario con el chaparrón que caía le hizo descartar el camino por donde había venido y decidió volver a Venanson por el arcén de la carretera principal, aunque este plan también hacía agua.

Inició el ascenso hasta el pueblo y la lluvia se intensificó aún más, como si la vida ansiara poner más emoción. El agua ya la había calado por completo y temblaba. No tenía ganas ni de mirar cuánto faltaba; seguro que la respuesta la habría deprimido del todo. Para no echarse a llorar como una cría, comenzó a cantar en voz alta la primera canción que le pasó por la cabeza. Una de Adele. Respiraba hondo, se forzaba a rebajar el drama y a apreciar la belleza del paisaje, de la carretera que serpenteaba frente a ella, húmeda, rodeada de abetos altísimos. En los agudos soltó un gallo y rio. Todo iría bien.

Y fue justo a continuación, cuando dedicaba unos pensamientos a Manel y a sus padres y se imaginaba qué le dirían de haberla visto en aquella tesitura, que oyó que se acercaba un coche por detrás y que se detenía justo a su lado. No podía ver quién era, pero el tramo de carretera acababa en Venanson, así que se obligó a pensar que era un vecino del pueblo que venía a socorrerla, y no un depravado que la había seguido desde Saint Martin. La ventana del copiloto se abrió. Era Ethan. Sofia pesó diez kilos menos de golpe.

—¡Sube, anda!

No dudó y abrió la puerta del copiloto. En aquel momento lo quiso con toda el alma.

—¿Qué haces aquí? ¿Estás loca? —dijo Ethan, mientras apagaba la radio y observaba cómo los dientes de Sofia castañeteaban.

—No, no lo sé —dijo, sin apartar la mirada de la carretera.

—Pero ¿por qué no has llamado para que te viniera a buscar alguien? —Ethan reía, Sofia no decía nada—. Ya lo entiendo, eres de las que no les gusta molestar.

—Sencillamente no creía que nadie lo hubiera hecho.

Los dos estaban concentrados en lo que pasaba frente a ellos; en la batalla entre el parabrisas y la cortina de agua. El sonido amortiguado de las gotas finas.

—¡No somos tan malos! Nos caes mejor de lo que te crees.

Sofia suspiró.

—Gracias, supongo, Ethan —se limitó a decir.

Él cambió de tema, mientras ella empezaba a entrar en calor.

—¿Cómo estás? ¿Qué tal han ido estos días? ¿Te gusta estar aquí? ¿O echas de menos Barcelona?

Reflexionó unos segundos y optó por serle sincera:

—Pues… estoy bien. Este lugar es maravilloso y estoy aprendiendo a estar sola, que creo que ya tocaba —comenzó.

La mandíbula seguía temblándole un poco—. Pero, ya que preguntas, la verdad es que me gustaría pasar más tiempo acompañada. Diversificar un poco las actividades, ya sabes.

Ethan sonreía tranquilo, como si nada de lo que estuviera diciendo le sorprendiera o enfadara.

—Mira, lo entiendo y me sabe mal. Pero deberás tener un poco de paciencia con nosotros.

Sofia no decía nada. Por primera vez, Ethan mostraba un tono sereno y sonaba sincero. Él decidió continuar:

—Soy escritor. ¿Lo sabías? —Sofia negó con la cabeza, con una expresión de sorpresa—. El caso es que hace mucho que veraneo aquí para inspirarme. Planifico lo que escribiré durante el invierno. Pero este verano está siendo distinto. Tengo un encargo especial, por así decirlo.

—Creo que nunca antes había conocido a un escritor, pensaba que tenían una pinta diferente —dijo, burlona—. ¿Y qué escribes? Si te busco en Google, ¿me saldrás?

Ethan soltó una carcajada.

—Pruébalo, a ver.

Sofia pensó que sería lo primero que haría al bajar del coche.

—¿Y se puede saber cuál es ese «encargo especial» en el que estás trabajando?

—Supongo que sí —dijo, mientras giraba la cabeza para observar a Sofia con una expresión que pedía discreción—. ¿Te han hablado de Anne?

Sofia pensó en la chica que aparecía en el fondo de pantalla de Julien.

—No. ¿Quién es Anne? ¿La pareja de Julien? —se apresuró a decir, esperando que no se le notara el ansia de saberlo en la voz.

Ethan redujo a primera para tomar la última curva.

—Anne es la madre de Julien. La mujer de Louis, vaya.

Aunque seguía sin saber quién era la chica morena de ojos verdes, el alivio de Sofia fue grande.

—¿Y qué pasa con ella? No la he visto desde que estoy aquí. La verdad es que era una de las preguntas que me hacía.

Ethan continuó:

—Anne está enferma, no le queda mucho. Está en cama, no sale de su habitación —dijo, sereno—. Vive en el Bellavista. Por eso se respira tanta tristeza en el hotel y nadie quiere hacer nunca nada. Me pidió que escribiera sus memorias. Y es lo que estoy haciendo.

Sofia no podía creer que no se lo hubieran explicado antes. Sentía pena y, de repente, también entendía muchas cosas.

—Vaya —fue todo lo que pudo decir.

Ethan apagó el motor y los dos se abrieron la puerta para bajar. Él se la quedó mirando, allí de pie, empapada. Debía de tener una pinta lamentable. Reía tímidamente, divertido. Sofia imitó su expresión sin saber muy bien por qué.

Él se dirigió al Bellavista, ella decidió quedarse quieta unos segundos en mitad de la plaza, mirando al cielo. La lluvia había cedido durante unos instantes y el olor del ambiente era de aquellos que uno hubiera dado lo que fuera por poder guardar. Cuando bajó la mirada, lista, ahora sí, para ir directa a la ducha, vio a Ethan, parado ante la puerta, que continuaba observándola.

—Seguro que Julien te lo explicará, cuando se sienta preparado —dijo él, mientras subían escaleras arriba.

—Ojalá —se despidió ella.

CAPÍTULO DOCE

Conocer a Camélia fue inesperado, un poco como todo en aquel valle. Una tarde, Sofia estaba sentada en una de las mesas del Bellavista, leyendo para variar, y de lejos se oían los gritos de unas criaturas alborotadas. No era la primera vez que los oía. Sabía que en el pueblo había tan solo dos niñas y dos niños, que iban al colegio en Saint Martin. Ethan se lo había explicado el primer día durante su excursión y ella lo comprobaba inevitablemente casi todos los días. En un pueblo tan silencioso, la presencia de niños con pocas ganas de aburrirse y mucha energía se hacía notar. Afortunadamente, sin embargo, solían jugar en el parque infantil, que quedaba lejos del hotel. En contadas ocasiones, escogían la plaza del Bellavista. Esa tarde, no obstante, era una de aquellas ocasiones. Llegaron como un terremoto. Uno montado en una bicicleta minúscula, otra con una pelota de vóley y los otros dos cargando con un juego de petanca. A Sofia no le importó la intrusión. Tenía ganas de observarlos. No tardaron en despertar en ella una ternura y una envidia infinitas. Ternura, porque eran tiernos y ya está; era delicioso ver cómo se conformaban jugando a cualquier cosa, cómo hablaban, cómo discutían las normas, cómo se reían, cómo se chinchaban. Envidia, por aquella libertad. Por no necesitar a ningún adulto cerca, por no tener que sufrir por su integridad, por poder decidir ya desde tan pequeños. Sofia no quería alterar su dinámica, así que seguía con el libro entre las manos y los observaba de reojo. Hacía una tarde radiante, aunque días atrás un aire frío había llegado para quedarse y la obligaba a llevar jersey. Pero, lejos de resultar un inconveniente, se sentía afortunada de poder ir abrigada en pleno verano.

Iniciaron una partida de petanca y Sofia no podía evitar mirar. Eran más o menos de la misma edad, entre cinco y ocho años, si el ojo no le fallaba, y verlos hacer un deporte *a priori* tan de jubilado era genial. El instinto maternal de Sofia se elevó a máximos preocupantes al cabo de pocos minutos, y por primera vez aquello supuso un hecho alarmante. Hasta entonces, sus ganas de ser madre siempre habían ido de la mano de la seguridad de tener a alguien con quien serlo. Hasta entonces, aquellos brotes precedían momentos de ilusión, charlas sobre preferencias de nombres, sueños de un futuro más cercano que lejano. Ahora solo veía un vacío. Un abismo. Un imposible.

Camélia entró en su vida mientras pensaba en ello, cuando un llanto brutal y súbito hizo que Sofia aterrizara de nuevo en la realidad. Alarmada, cerró el libro y se levantó para ver qué pasaba. Una niña rubia, pequeñita, que iba disfrazada de *Frozen*, lloriqueaba desconsoladamente. Se había caído al suelo y le sangraba la rodilla. Los otros tres niños la miraban sin saber qué hacer. Sofia se sentía igual. Pero en seguida reaccionó. Era la única adulta y no podía quedarse ahí plantada, sin actuar. Se acercó a la escena del drama.

—Hola, princesa, ¿cómo te llamas? Yo soy Sofia.

Decidió iniciar la aproximación con una pregunta sencilla para ganarse su confianza. Lo cierto era que no tenía experiencia alguna con criaturas y que se sentía la persona menos adecuada para gestionar aquella situación. Pero la pequeña dejó de llorar unos segundos para decirle que se llamaba Camélia. Sofia le acarició el pelo y le dijo que estuviera tranquila, que seguro que no era nada. Después observó la herida, que no era más que el típico rasguño en la rodilla por una mala caída. La sangre le chorreaba hasta el tobillo y, aunque en otro momento habría tenido ganas de vomitar, hizo de tripas corazón y con un pañuelo le limpió la pierna.

—Ahora espérame aquí un segundo, que voy a buscar una tirita y vuelvo en seguida.

El Bellavista estaba vacío. No tenía nadie a quien preguntar dónde estaba el botiquín, de manera que tuvo que hacer uso de su kit personal de primeros auxilios, con el que hasta entonces siempre había cargado para nada, pero que ahora agradecía. Era el mismo que se había llevado en su viaje a la India y había botes caducados y productos con las etiquetas borradas que ya ni sabía para qué servían, pero las tiritas estaban intactas. Y el yodo también. Suficiente.

De poco sirvieron su voz tranquila y sus palabras de consuelo: le limpió la herida mientras Camélia berreaba y se movía sin parar, como si le estuviera practicando una operación a corazón abierto en mitad de la plaza. Al acabar la intervención, le recolocó la corona de princesa que llevaba y le anunció que ya estaba curada y que podía seguir jugando. Ella calló, por fin. Pero, mientras los otros volvían a jugar, Camélia decidió que se quedaría pegada a la pierna de Sofia para inmovilizarla hasta nuevo aviso.

—Camélia, ¿no quieres ir con tus amigos?

No obtuvo respuesta, salvo una negación efusiva con la cabeza.

—Vale. ¿Quieres que juguemos tú y yo?

Camélia alzó la mirada y sonrió:

—Te quiero enseñar mi escondite —dijo, convencida.

Tenía una vocecita aguda y unos ojos azules que le habrían deshecho el corazón a cualquiera. Sofia le prometió que irían otro día, pero que ahora era mejor que volviera con los demás. La pequeña se soltó de su pierna, y Sofia se agachó y le dio un beso en la frente.

—Encantada de haberte conocido, Camélia.

Y ella echó a correr, como si no hubiera pasado nada.

En ese momento, llegó un coche a la plaza y de él bajó Julien. Sofia se puso en alerta; como Ethan le había explicado el tema de su madre el día anterior, ahora tenía una percepción diferente de él. Cuando coincidieron sus miradas, ella lo saludó con la mano y él con una sonrisa. Iba cargado con bolsas. Julien interrumpió un momento la partida de petanca para acariciarles las cabezas a las cuatro criaturas y se acercó a donde estaba Sofia.

—¿Tú no juegas?

—Qué va, perdería seguro. Son buenísimos —rio—. ¿Te ayudo a acomodar lo que llevas?

Se dio cuenta en seguida de que le hacía mucha ilusión verlo. Que lo había echado de menos. Que su presencia ya no la incomodaba, sino que más bien le generaba una angustia divertida, que hacía tiempo que no sentía. Él declinó su ofrecimiento, alegando que podía solo, y la animó a continuar tranquila con su lectura. Sofia se desinfló y le hizo caso. Pero notó que todo se había oscurecido un poco de repente. No tenía ganas de leer, ni de seguir soportando aquellas risas infantiles. Se levantó, dispuesta a retirarse a su habitación, pero Camélia corrió a pegarse de nuevo a su pierna.

—No quiero que te vayas.

Sofia sonrió y se agachó, pensando que era la primera persona desde que había llegado a Venanson que le había dicho algo así.

—No me voy, Camélia, siempre me encontrarás aquí, en el Bellavista. Puedes venir a verme cuando quieras.

Entonces, Julien reapareció, y todo volvió a iluminarse un poco. Para su sorpresa, además, llevaba una guitarra. Julien se sentó en una silla y le ofreció a Sofia un asiento a su lado. Las criaturas, al verlo, habían corrido a ubicarse en el suelo, frente a él, como si estuvieran adiestrados para hacerlo, y le pedían, visiblemente emocionados, que tocara canciones que Sofia no había escuchado nunca.

—¿Tocas la guitarra? Eres una caja de sorpresas, ¿eh?

Sofia ponía todo su empeño en disimular lo impresionada que estaba. Él obvió el comentario y le pidió si le apetecía cantar alguna canción.

—Yo canto fatal, creo que prefiero escucharos a vosotros. Además, ellos lo han pedido primero…

—No cantas fatal. Algunas veces te he oído cantar cuando estás en la cocina.

Sofia puso cara de sorprendida y él empezó a tocar, sin dejar espacio a la réplica. El público enloqueció. Todos comenzaron a dar palmadas y ella se sumó. Julien tenía una técnica digna de admirar. Era una escena entrañable. Se le volvió a encender el instinto maternal, pero esta vez no sentía el vértigo de antes, aunque ni siquiera sabía por qué.

Aunque todo el mundo quería más, en seguida oscureció y tuvieron que recoger. Los niños estaban entusiasmados y Sofia se sentía llena. Se despidieron, y aquellos pequeños humanos comenzaron a bajar la calle principal, rumbo a sus respectivas casas, mientras Julien y ella lo recogían todo y entraban en el Bellavista. Camélia, sin embargo, se había quedado descolgada, y seguía allí, con ellos. Estaba ayudando a Julien a guardar la guitarra dentro de la funda y se sentía importante.

—Sofia es muy guapa —dijo—. Tú también eres muy guapo —añadió—. ¿Por qué no os casáis?

Sofia y Julien se miraron; sus risas resonaron un buen rato por todo el valle, mientras Camélia parecía no entender nada.

CAPÍTULO TRECE

Día 13 de julio. Cumpleaños de Manel y un buen día para llamar a Lara. Esto fue lo primero que le vino a la mente al levantarse. Necesitaba un refugio. O al menos un flotador. Se sentía bien allí, consideraba que disfrutaba de aquella extraña soledad, pero había temido el 13 de julio desde su llegada y era consciente de que ese día necesitaría algo más que solo podía encontrar a unos cuantos kilómetros de distancia, en Barcelona. Pero antes de llamar, decidió esperar. Dejar fluir las horas, analizar su vaivén emocional, darse tiempo. El día podía llegar a ser muy largo y tenía que utilizar el comodín de la llamada con sensatez. Pensó que también podía ser un buen día para llamar a sus padres. Ya que se ponía a abrir heridas, mejor abrirlas todas de golpe. Pero también lo dejó correr de momento. En este caso un poco por lo contrario: necesitaba mentalizarse antes de dar el paso. Así pues, la única decisión que tomó y que ejecutó de inmediato fue la de bajar a desayunar. Aquel día tenía ganas de hacerse una tostada con mantequilla y mermelada de naranja amarga. Hacía siglos que no la probaba, y le recordaba a los veranos en La Garriga, en casa de sus abuelos.

Mientras bajaba las escaleras para ir hacia el comedor, oyó que Julien y Ethan charlaban animadamente en el piso de abajo. No entendía muy bien de qué hablaban, pero bromeaban y reían, y Sofia se alegró de ver que estaban de buen humor.

—*Bonjour!* Sí que estáis contentos, ¿no? —dijo Sofia, sonriendo.

Fue hacia la cocina y encendió la cafetera. Ethan fue tras ella.

—¿Cómo estás? ¿Has conseguido esquivar el resfriado después del otro día? —preguntó, socarrón.

—Estoy perfectamente, gracias por preocuparte, Ethan.

—¿Qué pasó el otro día? —Julien tenía la antena puesta desde el comedor.

—Oh, ¿no te lo ha explicado? Se sentía aventurera y bajó caminando a Saint Martin. Total, ¡que de vuelta la pescó un chaparrón por sorpresa y la salvé!

Sofia arqueó una ceja, mientras guardaba de nuevo la leche de soja en la nevera.

—Yo lo habría explicado de otra manera, pero sí, resumiendo, sí.

—Me podrías haber llamado —dijo Julien, un poco ofendido.

—Ya se lo dije yo, pero es cabezota.

Sofia se defendió:

—Ah, no, claro, ahora resulta que os tendría que haber llamado a todos. No, gracias. Además, habría podido llegar yo sola perfectamente. Que no fue para tanto.

Hacía un día gris y todo apuntaba a que comenzaría a llover en breve, así que decidió quedarse dentro a desayunar en la mesa más cercana a la ventana. Era su preferida. Las vistas desde allí eran magníficas, y aún más en días turbios como ese. Ethan y Julien fueron a hacerle compañía.

—¿A qué se debe este honor? ¿Estáis aburridos hoy o qué? —dijo Sofia, sirviéndose una tostada y rascando la parte más chamuscada. Los otros reían por lo bajini.

Sofia masticaba a conciencia e intentaba en vano no hacer ruido. Se sentía observada. Nadie decía nada, así que dejó unos segundos el pan en el plato y continuó con la iniciativa, abriendo sin querer un melón desafortunado.

—A todo esto, llevo pensando unos días que no he hecho más *check-in* desde que llegó Ethan. ¿Os habéis planteado abriros una cuenta en Instagram o hacer algo de publicidad? Me sabe mal que un sitio así esté tan vacío... No tendríais que hacer nada. Yo os lo gestionaría todo. Podríamos empezar por una sesión de fotos.

Bebió un sorbo de café. A Julien se le ensombreció el rostro. Contestó, pusilánime, que gracias por la información, pero que no hacía falta, que no era el momento.

—Ahora la gente prefiere achicharrarse en la playa de Niza en verano, no venir a un hotel de mala muerte en un pueblo perdido en mitad de la nada... —añadió, desganado, mientras se encendía un cigarro.

Sofia discrepaba mucho, todo eso le sonaba a excusa. Ethan se posicionó:

—Yo estoy totalmente de acuerdo con Sofia. Podrías aprovechar que ella está aquí, ¿no?

—Ahora no es el mejor momento y ya está —dijo Julien, contundente, como para dar por acabada la conversación.

Ellos no insistieron. Sofia entendió que, con lo que estaba pasando Anne, su madre, no estaban para nada más. Y tenía sentido, pero seguía siendo triste. Al final, sin embargo, aunque le sabía mal, mientras ella tuviera dónde dormir y dónde comer, no necesitaba más, se dijo. En un mes y pico tendría que abandonar aquel lugar y seguiría con su vida.

Sofia pidió un cigarro a Julien.

—Es el último que te pido, prometido.

—¿Estás intentando dejarlo?

—Estoy intentando no engancharme, en todo caso. No he fumado nunca, solo estas últimas semanas. No sé muy bien por qué.

—Pues bien que haces. No te pega.

—¿Qué insinúas? —dijo riendo, indignada.

—No tienes una técnica muy elegante, la verdad.

Ethan y Julien se echaron a reír, mientras Sofia se hacía la ofendida. En seguida la conversación volvió a un punto muerto.

—¿Qué tienes planeado hacer hoy, Sofia? —preguntó Ethan.

—Llamaré a casa. Ya va siendo hora.

—Vaya. Nosotros habíamos pensado en invitarte a ir juntos a la Laune de l'Éléphant, aunque no sé si es el mejor día para bañarse —dijo Julien, mirando a Ethan.

El móvil de Julien vibró y se lo sacó del bolsillo. Miró la pantalla, pero no contestó la llamada. Después lo dejó sobre la mesa y Sofia volvió a ver la foto, la misma que había decidido olvidar por su salud mental, pero que ahora se le había vuelto a quedar grabada en la retina.

—No lloverá, y con eso basta, ¿no? —le respondió Ethan—. Puede ser divertido. Y es muy bonito. A Sofia le encantará. Y así dejará de renegar de nosotros y de que la abandonamos. Puedes llamar a casa en otro momento, ¿no, Sofia?

Sofia no tenía ni idea de qué era la Laune de l'Éléphant y, aunque no entraba en sus planes para aquel día, sonaba bien y, de repente, le apeteció demasiado. No se le ocurría mejor día que aquel para ir a tomar el aire. Quedarse dando vueltas en la cama, rememorando con Lara un pasado que ahora sentía pesado y polvoriento, había dejado de ser una opción.

La excursión resultó ser renovadora y sorprendente. La Laune de l'Éléphant era un conjunto de pozas con aguas cristalinas y gélidas, de fácil acceso y con rocas lo bastante erosionadas como para echarse encima y no preocuparse de nada más. A pesar de las nubes y la frescura de aquel 13 de julio, tanto Julien como Ethan se tiraron al agua de golpe nada más llegar. Ella, en cambio, prefirió quedarse en posición horizontal y observarlos. Los dos tenían un cuerpo fibroso y no podía negar que disfrutó cómodamente de aquella imagen. Estaban solos.

Julien fue el primero a quien se le puso la piel de gallina y en salir del agua. Se arrebujó en la toalla y se sentó al lado de Sofia, que seguía tumbada.

—¿Muy fría? —preguntó ella.

—Perfecta.

Ambos se quedaron en silencio. Julien observaba a Ethan en el agua, Sofia cerró los ojos.

—Me sabe mal lo que te dije cuando llegaste —dijo de repente—. Que no sabía cómo debía de ser tu vida en Barcelona como para cambiarla por esto. Estuvo fuera de lugar. Llevo días queriéndotelo decir.

Sofia abrió los ojos y se incorporó para quedarse sentada a su lado.

—Te lo agradezco. Pero no te preocupes. Ya me había olvidado de ello. Además, tenías razón. Mi vida en Barcelona era un desastre —dijo, y rio, para quitarle hierro.

—¿Así que huiste?

—Se podría decir que sí. Me quedé sin trabajo, mi pareja me dejó… Quería cambiar de aires. Pensar con calma qué quería hacer a continuación, ya sabes.

—Me sabe mal. Supongo que te entiendo.

Se miraron.

—¿Tú también querrías escapar?

—A veces sí. Pero no puedo.

—¿Por qué no?

—Tengo que cuidar a mis padres. Mi madre está enferma y mi padre no lo lleva nada bien.

Sofia suspiró.

—Ethan me dijo que tu madre está en el Bellavista. No lo sabía. Si necesitáis que le haga compañía, o lo que sea... ya sabes dónde estoy. ¿Tú cómo lo llevas?

—Gracias, Sofia. Hago lo que puedo. Ya me he resignado. He intentado aceptarlo. Es la vida. —Sonaba tranquilo.

Sofia lo miró. Tenía ganas de abrazarlo y decirle que todo iría bien. Pero nada iría bien, así que se contuvo.

Ethan los salpicó de repente y se sobresaltaron.

—¡Vamos, venga!

La conversación había llegado a su fin, pero Ethan tenía razón: Julien se lo había explicado. Aunque era triste, se alegró de ver que se abría a ella, si bien poco a poco.

—Está demasiado fría —gritó Sofia.

—¡Eres un muermo!

—Eso, eso —añadió Julien.

Sofia se picó y se quitó la ropa. Llevaba un bañador granate que le encantaba. Estaba contenta con su decisión, sabía que le quedaba bien. Bajó de la roca donde estaban y se desplazó con cuidado por las otras hasta llegar a la orilla. Mojó un pie.

—¡Madre mía! ¡Es como si me clavaran cuchillos! —dijo, mientras Ethan volvía a salpicar a Julien para que se uniera a ellos.

El rato en el agua fue refrescante y genial. Jugaron a hundirse, rieron, disfrutaron largo y tendido. Sofia se sentía satisfecha. Por primera vez había notado una aproximación real por su parte, una predisposición genuina a integrarla en sus vidas. Y era un gran paso. Se sentía a gusto con ellos. Segura, tranquila, feliz. En su sitio. Llevaba tiempo sin sentirse de aquella manera. Ojalá fuera así más a menudo. Ojalá fuera así siempre.

—Te busqué en Google, por cierto —dijo Sofia, mientras estaban en el coche de vuelta al Bellavista. Ethan conducía, Julien hacía de copiloto y Sofia estaba sentada detrás—. Cuatro novelas publicadas y solo treinta y dos años. No está nada mal. Las leeré seguro.

—Yo las he leído todas. Son increíbles —dijo Julien, sincero, girándose hacia Sofia.

—En la próxima podríamos salir nosotros, ¿no, Ethan?

—Lo siento, pero no escribo historias de amor —replicó Ethan, riendo y mirándola por el retrovisor.

Sofia se ruborizó. No se atrevió a mirar la expresión de Julien.

—¿Y qué escribes, pues?

—Novela policíaca.

—Ah… entonces creo que prefiero no salir.

Rieron.

Aunque estaba agotada, aquella tarde decidió, ahora sí, llamar a Lara. En algún momento del día se había planteado no hacerlo; había aguantado tan bien aquel 13 de julio que consideraba una temeridad arriesgarse a abrir la puerta del pasado. Pero ella le había insistido. Y, además, tenía temas para comentarle. Se recogió el pelo en una coleta minuciosamente desenredada, se lavó los dientes y la cara, se pasó crema hidratante por toda la piel, se puso el pijama y se tumbó en la cama, aunque era muy pronto. La voz de Lara resonó a través del altavoz del móvil poco después y Sofia colocó el aparato en la mesita de noche y se quedó estirada, mirando al techo, mientras charlaban. Le habían concedido una ayuda para pagar el alquiler y había tenido un sexo «increíble» con Pau la noche anterior. Se había encargado de explicárselo como siempre, de forma muy explícita, con pelos y señales. Sofia ponía los ojos en blanco. Sonreía.

—¡Vaya, pues nada, enhorabuena! A ver si la siguiente soy yo —bromeó un poco.

Lara debió de notar en la voz de Sofia que no estaba muy interesada en saber mucho más sobre su vida sexual, pues a continuación cambió de tema y abordó el motivo principal de la llamada sin más divagaciones.

—¿Y tú qué? ¿Cómo lo llevas? ¿Has felicitado a Manel?

Se hizo un silencio. Sofia no sabía muy bien qué decir realmente.

—No, no lo he hecho. No por nada, ¿eh? Me da tremenda pereza, es todo. Es como abrir una caja de Pandora… y no me apetece. —Silencio—. Sorprendentemente no he pensado mucho en ello, la verdad. —Silencio—. Ojalá las personas que abandonaran nuestra vida la abandonaran con todo, ¿no crees? Ni objetos, ni cumpleaños, ni fotografías, ni historias. Sería más fácil para todos.

Mientras acababa de decir esto, recuperó el móvil y buscó el chat de Manel. El último día que habían hablado era cuando habían quedado para darse las cajas. Estaba en línea. Sofia resopló. Pensó en enviarle una felicitación cordial, que no diera pie a iniciar ningún tipo de conversación. En otro momento, habría sido la primera en hacer todo lo contrario y aprovechar la ocasión para averiguar cómo estaba, qué hacía o con quién andaba, pero estar en Venanson jugaba a su favor, ya que inevitablemente la hacía sentirse lejos, tanto en el espacio como en el tiempo, y le quitaba el sentido a cualquier intento. Finalmente, sin embargo, optó por no enviar nada de nada. Se preguntó si aquel cumpleaños lo celebraría con Claudia, qué le regalaría, de qué hablarían mientras cenaban, si seguiría con la cerveza sin alcohol. Jugó a imaginarse que lo celebrarían juntos con los suegros, que le regalaría una escapada a Roma, que hablarían de lo mismo de siempre —el Barça y el estado de salud de su abuelo— y que esa noche haría una excepción y bebería vino. Lo hizo por curiosidad. Para entretenerse. En realidad, le daba igual.

—¿Seguro que estás bien? —insistió Lara—. Quizá está fuera de lugar lo que voy a decir, pero es que pensaba que te afectaría mucho más todo esto.

Sofia sonrió.

—Yo también lo pensaba. No lo sé. A veces me digo que, cuando vuelva a Barcelona, la realidad me explotará en la cara. Ya sabes… por mucho que intentes escapar de tus problemas, siempre te acaban encontrando. Pero, sea como fuere, de momento estoy aquí. Y llevo una vida de recogimiento y paz, pero al mismo tiempo estoy bastante entretenida, no te creas… Hoy he ido de excursión con Ethan y Julien.

—Anda, y ¿qué tal?

—Muy bien. Son seres un poco insólitos, pero estoy aprendiendo a quererlos así.

Lara le pidió una foto para poner cara a los personajes de la historia. Sofia le envió una de aquella misma mañana en las pozas, donde aparecían Julien y Ethan saliendo del agua. Lara soltó un grito histérico, escandalizada por la belleza de aquellos dos hombres, y le criticó seriamente que no la hubiera informado antes al respecto. Sofia se rio.

—Cierto, los dos son atractivos, pero eres una exagerada. No estoy para eso.

—No mientas. Te conozco. Seguro que Julien te hace un poco de tilín —replicó, traviesa.

Sofia sonrió, ni ella misma sabía qué opinión tenía al respecto. Se limitó a decir:

—Por el bien de todos, espero que no, porque quizá tiene pareja. Tiene un fondo de pantalla sospechoso. Y su madre está enferma. Dudo que tenga energías para pensar en nada más. Y te recuerdo, Lara, que yo vuelvo a Barcelona en un mes. Paso de relaciones a distancia y de corazones rotos una vez más, la verdad... Es un poco complicado todo. —Sonrió.

Poco después colgaron, felices de haberse escuchado mutuamente la voz, y Sofia apagó el móvil para eliminar cualquier tentación de escribir a Manel. Volvió a mirar al techo. Estaba emocionada. El día había sido inesperadamente más ligero, como solía pasar siempre en la vida. La ansiedad anticipatoria, así la llamaba su querida Dolors.

Se sorprendió al darse cuenta de que su historia con Manel estaba comenzando a parecer parte de otro libro. De otra Sofia, incluso. Recordó lo que le había comentado a Lara: «No estoy para eso», refiriéndose a cultivar sentimientos por alguien, y reconoció que, en realidad, había mentido como una bellaca. A veces nos obsesionamos tanto con lo que se supone que debemos sentir o hacer —guardar un periodo de duelo, estar sola un tiempo— que se nos olvida preguntarnos qué queremos de veras, se dijo. Que sí, que hay millones de estudios y testimonios. Que sí, que racionalmente tiene todo el sentido del mundo tener un tiempo de descanso para recuperarse. Pero ¿y qué? Lo único que sabía Sofia era que en aquel punto exacto del universo y de la historia de la humanidad, ella tenía ganas de volver a querer y ser querida. Y ya está.

CAPÍTULO CATORCE

Ethan llamaba a la puerta y susurraba su nombre. Sofia miraba el despertador. Se sobresaltaba al ver que eran la cuatro y saltaba de la cama para ir a abrir. Todo estaba oscuro. Él llevaba una linterna y Julien estaba justo tras él, en silencio. Sofia no tenía ni tiempo para preguntar qué hacían allí. O qué pasaba. Ethan se lanzaba a probar sus labios y ella lo aceptaba sin rechistar lo más mínimo. Le daba un beso largo y delicioso, después él alejaba la cabeza con las manos, le sonreía y se giraba hacia Julien, que le devolvía el gesto y apartaba a Ethan a un lado, porque entonces era su turno: antes que nada, le hundía sus ojos verdes en los suyos, marrones, y después le besaba suavemente la mejilla, descendiendo hasta topar con la comisura de sus labios y, finalmente, la lengua. Una vez más, Sofia lo aceptaba encantada y disfrutaba de haberse reencontrado con la adrenalina y su corazón a mil por hora. Después, Julien se detenía y Ethan pedía permiso para entrar en la habitación. Ella no hacía preguntas. Se limitaba a fluir. Entre los dos la tomaban en brazos, con cuidado, pero también con decisión, y la dejaban sobre la cama. Ella se desabrochaba la camisa del pijama de rayas blancas y rosas y después ellos se repartían sus pechos y les dedicaban la vida entera durante un intervalo imposible de concretar. Ella seguía sin hacer preguntas. No entendía nada, pero todo le parecía bien. Se sentía como si fuera lo que más deseaba en el mundo, pero no lo hubiera sabido hasta ese mismo instante. Intentaba desabrocharles los cinturones y fracasaba estrepitosamente, y ellos reían y abandonaban por unos segundos sus labores esenciales para ayudarla, y ella admiraba aquellos cuerpos y se decía que no sabía ni por dónde empezar. Lo quería todo. Lo tendría todo.

Pero sonó la alarma y no tuvo nada. Nada de lo que había imaginado al menos. Sí que había obtenido, sin embargo, otras cosas más decepcionantes: una fantasía sexual rara e inesperada, y una nueva confirmación de la perversidad de su subconsciente. Se quitó el nórdico de encima, estaba sudando. Se moría de vergüenza, sobre todo por haber incluido a Ethan en el sueño, cuando solo con Julien habría tenido más que suficiente. Solo esperaba no haber gemido, para que aquello, fuera lo que fuere, quedara blindado en aquella habitación.

Miró las noticias en el móvil, en un intento de enfriar el ambiente y de aterrizar en el mundo real. Pero las desgracias globales no fueron capaces de distraer su mente, que de repente ansiaba volver a tener activas las redes sociales para poder investigar más sobre los sujetos protagonistas de sus mejores pesadillas. Cedió y se descargó Instagram tras unos segundos sin fustigarse demasiado.

Primero buscó a Ethan, a quien ya había buscado anteriormente en Google, cuando había investigado sobre sus libros, y que tenía un perfil profesional de escritor, aunque poco elaborado. Si bien aparecía algún ejemplar de sus libros, en general eran fotografías de paisajes y animales, de baja calidad; no parecía que fuera muy amante de la publicidad y el márquetin. Después fue el turno de Julien. Julien Fourquier. Le aparecía más de un perfil con ese nombre, pero no le costó ni una milésima de segundo saber cuál era el suyo. La foto volvía a estar allí. Aquella chica desconocida y él. Se estremeció. Entró en su perfil para obtener más información, pero lo tenía privado.

El nivel de intriga estaba por las nubes y, mientras se desnudaba para vestirse con la ropa cómoda habitual, decidió que el objetivo de aquel día sería averiguar quién era. Y que se maquillaría un poco antes de bajar. Se sentía ridícula, pero con el sueño se le había desvelado inexorablemente el instinto de apareamiento. Y, de todos modos, un poco de rímel tampoco le hacía daño a nadie.

Cuando fue a abrir la puerta para bajar, se dio cuenta de que había un papel en el suelo. De repente, le dio pereza que fuera un *check-in*, pero el destino fue simpático: era un folleto que anunciaba que esa noche se celebraba un baile de verano en Venanson. Sofia se emocionó. Aquella grata sorpresa podía resultar de lo más divertida.

Bajó, ahora sí, y lo primero que vio fue a Louis al otro lado del mostrador, peleándose con el ordenador. Le ofreció su ayuda.

—¿Cómo estás? Tienes buena cara —le dijo, mientras le abría el Excel que reclamaba.

Su respuesta la descolocó, pero le gustó:

—¡Hombre, hoy es el baile!

Sofia sonrió.

—¿Me has dejado tú el folleto? Me ha hecho ilusión, gracias.

Pero él estaba concentrado en el documento. Sofia lo observó. Era el historial de clientes del Bellavista, había tantas pestañas como años llevaba abierto. La del 2022 daba lástima. Louis se colocó bien las gafas. Estaba serio, no decía nada.

—Louis, ya se lo comenté a Julien… pero yo podría ayudaros a cambiar estos números. Desde crear perfiles en las redes hasta proponeros alguna remodelación sencilla. Soy arquitecta y *millennial*.

En seguida se arrepintió de haber dicho esto último, aunque seguro que Louis ni siquiera lo había oído.

—¿Quién te ha dicho que quiero cambiar estos números? —Fue su única respuesta.

Sofia decidió dejarlo estar. Seguía sin aceptar que fueran tan reticentes a intentar reactivar su negocio y, sobre todo, seguía sin entender por qué la habían contratado entonces, teniendo en cuenta el panorama. Pero aquel pequeño detalle ya casi había pasado a considerarlo del todo irrelevante. Era evidente que no necesitaban ese dinero para sobrevivir.

Salió a la terraza, donde Ethan, Julien y los otros vecinos del pueblo estaban subidos a las farolas de la plaza colgando banderines de colores. El sol apretaba, habían puesto música y el ambiente invitaba a quedarse allí. No tardó en darse cuenta de que Victor, el del Tinder, se encontraba entre ellos. Se ruborizó. No tenía claro si quería ser vista o no, y se quedó de pie, de brazos cruzados, sin saber muy bien si batirse en retirada y desayunar, o acercarse y ofrecer dos manos más. Camélia resolvió el dilema, apareciendo de la nada como un cohete y saltándole a los brazos. Todo el mundo se giró a mirarlas. Sofia pensó que estaba bien. Al menos la escena era tierna y el abrazo de Camélia le permitía esconder el rostro en su jersey. Una buena entrada. La puso de nuevo en el suelo, le acarició el pelo y le preguntó cómo llevaba la herida.

—¿Vendrás al baile? —Fue su respuesta.

Sofia asintió y Camélia volvió con los suyos. Alentada por cómo se estaba desarrollando la situación, Sofia decidió que a continuación vendría la parte interesante.

Para huir de lo que se esperaba de ella, en lugar de ir hacia las caras conocidas, fue directa a Victor, que la recibió con una sonrisa de satisfacción.

—Qué alegría volver a verte —dijo él.

Un pelín empalagoso para su gusto, pero aceptable.

—Lo mismo digo. ¿Cómo estás?

—Ya ves, liado. ¿Nos veremos en el baile?

Sofia confirmó que aquel baile prometía. Más aún. Como si fuesen añadiendo ingredientes a una masa cada vez más interesante. Aunque el resultado pudiera ser decepcionante, las ilusiones previas no estaban nada mal.

—¡Por supuesto! Por lo visto sería un crimen si no lo hiciera, ¿verdad? —Victor asentía, ella confesó—: En realidad, creo que es el plan más divertido que me han propuesto desde que estoy aquí.

Él no dejó escapar la oportunidad:

—Yo ya te lo dije, que me llamaras. Conmigo te divertirías. Pero no me crees. A ver si esta noche te convenzo.

Sofia soltó una carcajada un poco exagerada, pero porque en su mente solo pensaba en cómo los debían de estar mirando Ethan y Julien, y se había metido tanto en el papel que le había salido así, sobreactuado y patético, ya que probablemente ni siquiera lo estarían haciendo. Se despidieron y, ahora sí, fue a saludarlos. Julien la observaba mientras se dirigía hacia ellos, y a Sofia no dejaban de pasarle por la mente fotogramas pornográficos del sueño de aquella noche a cada paso que daba. Carraspeó:

—¿Necesitáis ayuda?

Ethan sonrió y negó con la cabeza. En seguida bajó de la escalera y anunció que iba dentro a hacer compañía a Louis. Julien le tendió un montón de banderines enredados y le pidió si podía comenzar con aquello. Sofia se sentó en el suelo de piedra e inició su tarea, mientras Julien seguía subido a la escalera instalando, ahora, las luces.

—¿Cómo has dormido? —preguntó él.

Asumiendo que existía la posibilidad de que hubiera escuchado sus eventuales gemidos y fiel a su arrebato de hacer que aquel día pasaran cosas en su vida, Sofia optó por actuar con sinceridad:

—Pues ha sido una noche intensa. He soñado con vosotros.

—¿Nosotros? ¿Quiénes?

—Ethan y tú.

—¿Y qué has soñado?

—Cosas imposibles. —No había encontrado una mejor manera de decirlo. Decidió no ser tan drástica—: O improbables.

—¿Y se puede saber qué cosas son esas?

Julien fingía estar entretenido con el cable de las luces, pero era un hecho evidente que estaba intentando disimular su interés por aquella conversación.

—A lo mejor algún día te lo explico —añadió; se le escapaba la risa por debajo de la nariz.

—¿Ahora te las das de misteriosa?

—Aprendo de los mejores.

Se hizo un silencio y entonces recordó la foto. Estuvo tentada de preguntarle directamente a él, pero creía que un ataque frontal en ese caso no habría sido lo más acertado. Se mordió la lengua y siguió desenredando banderines hasta que lo tuvo listo. De aquella tarea mecánica surgió una idea probablemente perversa, pero que en aquel momento le pareció una genialidad. Haría la pregunta, sí. Pero no a él. Se la haría a Camélia, alguien inocente, sincero y olvidadizo. Solo aquella pregunta. Prometido.

Entregó los banderines bien plegados a Julien y le dijo que se iba a hacer un café. Era cierto, no había desayunado.

Pero de camino se topó ultracasualmente con Camélia y se agachó para hacerle cosquillas. Después le dijo al oído que la tenía que ayudar a resolver un misterio de lo más complicado y ella accedió. Sacó el móvil y buscó el perfil de Instagram. Notaba el latido de su corazón. De repente se sintió mal, pero ya era demasiado tarde.

—¿Sabes quién es esta chica?

Camélia se limitó a asentir.

—¿Es la novia de Julien?

La pequeña señaló la foto, dejando la marca de su dedo índice en la pantalla, y entonces dijo, emocionada:

—¡Es Claire!

—¿Qué Claire? ¿Quién es Claire?

Camélia la miró extrañada, como si fuera evidente. Por fin contestó:

—¡Es su hermana! ¿Verdad que es guapa?

Una ola de alivio inundó el cuerpo de Sofia.

—Sí, mucho. Muy guapa. Mucho.

CAPÍTULO QUINCE

Siempre le habían dicho que correr servía para desahogarse. O para distraerse. O para sudar las preocupaciones. A ella nunca le había servido para nada más que para sentir la muerte cerca y para entender de primera mano qué era el tedio, con todas las letras. Pero no le apetecía en absoluto dar más vueltas en la cama, necesitaba airearse, y hacía demasiado rato que no le exigía nada a su cuerpo.

Se puso las mallas y salió sin pensárselo mucho más. Cruzó la plaza con decisión; acababan de comer, todo estaba ya a punto para el baile, y ahora probaban los altavoces, que hacían interferencias molestas. Cuando llegó a la carretera fue hacia arriba, por el mismo recorrido que había hecho con la bici hacía lo que ahora parecía una eternidad. En pocos metros, aparecía el bosque por ambos lados y todo se volvía solitario. Eso era, probablemente, una de las cosas que más le gustaban de estar allí, que no tenías que esforzarte mucho en conseguir librarte del mundo y hallar un remanso de paz.

No debía de llevar ni menos de quinientos metros, que ya notaba cómo le hervía el cuádriceps y le palpitaba el corazón en la boca, pero en el fondo sabía que era mental y se forzó a aguantar un poco más, a ver si se obraba el milagro. Pero no pasó. Se sentó en una piedra poco después, sin muchos remordimientos, y, cuando recuperó el ritmo habitual de respiraciones por minuto, se puso a caminar y a pensar en Claire. Haber podido confirmar, gracias a Camélia, que no era la pareja de Julien había resultado ser una noticia sorprendentemente más agradable de lo que esperaba, a quién iba a engañar. Quizá por amor propio, quizá porque así podía ampliar el campo de juego, quizá porque se sentía un poco atraída por él. O quizá por todo a la vez. Pero ¿dónde estaba Claire? Aún no la habían mencionado nunca. Probablemente vivía fuera; aquel valle no ofrecía gran cosa y debía de ser bastante común ir a buscarse la vida en otro lugar, pensó. Lo que estaba claro era que, fuera como fuere, Julien la quería lo bastante como para verla cada vez que consultaba el móvil y este hecho era suficiente para tener ganas de saber más.

Después pensó en Anne. La había conocido justo hacía un rato. Había sucedido de la forma más imprevista. Tras ayudar con los preparativos del baile durante toda la mañana, había entrado un segundo en el Bellavista a por el móvil, para hacer unas fotografías de la plaza decorada —estaba convencida de que en algún momento accederían a que el Bellavista tuviera redes sociales y quería tener material— y se había topado con Ethan, que llevaba una bandeja con un puré de verduras, tres trozos de pollo a la plancha y un yogur natural.

—¿Estás haciendo dieta, Ethan?

—No es para mí. Es la comida de Anne. Iba a subírsela ahora.

Sofia tenía curiosidad por conocerla y sabía que, si no era por iniciativa suya, podía no hacerlo nunca.

—¿Puedo llevársela yo?

—Por qué no —había dicho Ethan, entregándole la bandeja.

—¿Le sabrá mal?

—Le encantará, seguro.

Y así fue. Sofia había subido las escaleras tratando de no derramar el puré y había ido a su habitación. Había picado suavemente la puerta y había entrado. Anne la había recibido postrada en la cama, pero con una sonrisa inmensa, dulce.

—Así que tú eres la famosa Sofia.

—Y tú la famosa Anne… —había dicho, mientras le acercaba la comida.

Anne la había invitado a sentarse a los pies de la cama. Llevaba una bata de dormir, a pesar del calor que hacía. No tenía mal aspecto, sin embargo, tal y como se la había imaginado Sofia. Se la veía tranquila.

—Julien se parece mucho a ti…

Ambas habían sonreído con más ganas.

—¿Cómo estás, Sofia? Tenía ganas de conocerte. Me han hablado mucho de ti. ¿Ya te tratan bien mis chicos? —había dicho, con ternura.

—Yo también tenía ganas de conocerte. Estoy muy bien, Anne, gracias. Me cuidan mucho. Me gusta estar aquí. Es un lugar increíble.

—Sí que lo es, sí.

Entonces había hundido la cuchara en el puré y lo había soplado con suavidad antes de llevárselo a la boca. Sus movimientos eran gráciles, delicados. Sofia había imaginado un ambiente triste y deprimente, pero se había sentido como si hubiera entrado en un oasis de paz.

—¿Cómo te encuentras, Anne? Me sabe mal. Lo tuyo.

Había dudado mucho si decirlo o no, porque no sabía cómo se lo tomaría. ¿Acaso se estaba excediendo en confianza o era procedente?

—Estoy viva, que ya es mucho.

Anne lo había dicho y había continuado con las cucharadas de puré, ahora más seguidas. No había parecido ofendida, pero tampoco contenta de que hubiera sacado el tema. Sofia había decidido batirse en retirada.

—No te molesto más, te dejo comer tranquila.

—De acuerdo, Sofia. Espero volver a verte pronto. Puedes venir cuando quieras. Me gustan las visitas.

Le había gustado conocerla, se dijo, mientras se volvía a hacer la coleta y estiraba el cuello a izquierda y derecha. Se le había antojado una mujer elegante en todos los sentidos. La enfermedad no había conseguido arrebatarle eso. Al menos, aún no.

Finalizó los estiramientos y miró la hora. Tenía el tiempo justo para darse una ducha y arreglarse, así que volvió al Bellavista a paso ligero pero sin correr, pues no se veía con ánimo de hacerlo.

Cuando llegó, la plaza ya estaba más o menos llena de gente que charlaba antes de que empezara el espectáculo. Lo cierto es que daba gusto verlo todo así, e incluso se emocionó. Desde el primer día supo que aquel lugar era especial, pero verlo decorado, listo para lucir rebosante de vida, lo reconfirmaba.

Subió corriendo a la habitación, se dio una ducha rápida y desenfundó el vestido largo de flores, que hasta entonces le había parecido ridículo haber traído, y que ahora se alegraba de tener. También sacó el estuche de maquillaje. Optó por la sutileza; quería llamar la atención, pero tampoco mucho. Hacía tanto que no lo hacía que, al verse en el espejo, se sintió guapísima.

Respiró hondo un par de veces y bajó al comedor, donde estaba Julien haciendo tiempo en una de las mesas, increíblemente elegante. Se dedicaron una sonrisa tranquila. Desde allí, les llegaba el bullicio que reinaba en la plaza. Él se levantó y le tendió el brazo.

—¿Vamos? Te estaba esperando —dijo.

A Sofia le encantó el detalle. Asintió y pasó el brazo a través del suyo. En lo que cruzaban la puerta, pensó en los demás:

—¿No vienen los otros?

Julien le contestó que se unirían más tarde, e hicieron la aparición en público. En la mente de Sofia, todo el mundo se giraba para admirarlos, como si fueran los anfitriones de aquel baile que llevaba siglos celebrándose y todos estuvieran esperándolos para escuchar sus palabras y hacer el primer brindis. En la realidad, todo el pueblo se encontraba ya sometido al embrujo de la música y bailando sin preocuparse de nada más. Quizá mejor así.

Sofia, contagiada por aquella alegría, le propuso a Julien ir a bailar, pero él dijo que antes prefería una copa. Era justo. Se dirigieron a la barra y, finalmente, optaron por dar comienzo a la noche con una cerveza. Brindaron, y Sofia se bebió la mitad de un trago. En realidad, estaba nerviosa y aquello la ayudaría. Julien la imitó. Quizá también estaba nervioso. Era difícil de saber. No sabían muy bien qué decirse, o al menos eso le parecía a Sofia, así que se dedicó a observar el panorama. Casi todo el mundo le sonaba de vista, pero, claro, en el tiempo que llevaba allí, apenas la habían saludado tres o cuatro personas, como mucho. Lo aceptaba con resignación, pero le sabía mal. Tenía la esperanza de que aquella noche cambiara alguna cosa.

En un momento dado, vio a Victor a lo lejos. Bailaba con una chica, pero tampoco le sorprendió. Julien se dio cuenta de que lo miraba.

—Puedes ir con él si quieres, por mí no te preocupes.

Sofia negó con la cabeza. Esperaba que no se lo dijera en serio.

—Estoy bien aquí. Pero gracias por darme permiso.

Sofia soltó una carcajada irónica y Julien fue a pedir una segunda cerveza para los dos. Como no había comido casi nada y, además, había salido a «correr», Sofia no tardó en notar los efectos de la embriaguez. De repente, se sentía alegre y simpática, y tenía unas ganas irresistibles de bailar. Tomó a Julien del brazo y, sin pudor alguno, lo arrastró hacia la pista de baile. Él se dejó llevar. Sofia se puso a hacer sus pasos estelares de cuando salía de noche por las discotecas de la calle Aribau de Barcelona, y Julien se colocó a su lado, tratando de mover con algo de gracia aquel esqueleto delgaducho y arrítmico sin mucho éxito.

Sorprendentemente, sonaban canciones conocidas, las mismas que oía en la radio en Barcelona, cuando estaba en el estudio y, para no aburrirse, escuchaba distintos programas. Saberse las letras era un plus inesperado bastante genial. Julien reía y Sofia disfrutaba de verlo reír. En aquel instante, pensó que quizá se estaba enamorando. Pero el siguiente pensamiento fue que, en realidad, apenas lo conocía, así que, en todo caso, se estaba enamorando de una ilusión, de la idea que se había construido de él, y aquel hecho, en el juego del amor, tenía de peligroso lo mismo que de puro principiante.

No tardó mucho en llegar el típico momento de canción lenta y la respuesta automática de Julien fue detener el movimiento corporal, alejarse un poco de Sofia y sacar el móvil. Para evitar una situación incómoda o porque realmente lo estaban llamado, se excusó y se escabulló hacia el Bellavista. Sofia se quedó sola y un poco triste. Se pidió una tercera cerveza y puso todo su empeño en moverse al ritmo de aquella balada, aun estando sola. Victor apareció poco después. Ella no lo había visto llegar.

—¿Bailamos? —dijo él.

—¿Tanto se nota que no sé disfrutar de este baile en solitario?

Victor rio y la tomó de las manos con fuerza e intentó que diera algún giro, pero Sofia, abrumada de repente ante aquella seguridad, temió hacer el ridículo y le dijo que le agradecía la invitación, pero que prefería hablar.

Él asintió, conforme. Se alejaron hacia un lugar más tranquilo. Victor no le gustaba especialmente, al menos no *a priori*, pero no iba sobrada de amigos, y tras su escudo de hombre, parecía una buena persona. No perdía nada tratando de entablar una conversación agradable con él.

—Resúmeme tu vida en cinco frases, va —comenzó ella.

Él rio.

—Vale. Eh… estudio un máster en la Facultad de Derecho de Niza, juego a fútbol desde los siete años, llevo toda mi vida en Saint Martin, tengo un perro que se llama Jery y me gusta montar en bici. Aunque supongo que esto último ya lo sabías, ¿no?

Sofia no tuvo otra opción que rendirse.

—Me has visto en Tinder, ¿no?

—Sí, pero no te preocupes, que no se lo he dicho a nadie —dijo, un poco juguetón—. Supongo que esperabas otra cosa cuando te descargaste la aplicación.

—Supongo que sí… En cualquier caso, gracias por guardarme el secreto.

—Te toca a ti. Cinco cosas.

Sofia sonrió. Intentó ser original, pero no fue más que un intento.

—Pues… soy de Barcelona, arquitecta, y me encanta leer. La cuarta afirmación sería que lo dejé todo para venir aquí y, la quinta, que fue una gran idea hacerlo.

Él esbozó una sonrisa.

—¿Te tratan bien los Fourquier?

—No me quejo. ¿Tú los conoces?

Su expresión adoptó un gesto más neutral.

—Sí, claro que los conozco. Bueno, todos nos conocemos aquí… Lo que no entiendo muy bien es por qué te han contratado. ¿De qué se supone que trabajas, si el hotel está casi vacío?

—Pues es una buena pregunta. Yo tampoco lo entiendo… Pero tengo una cama y comida en un lugar maravilloso a cambio de nada, así que he dejado de darle vueltas.

—Ya veo. Bien hecho.

Se hizo un silencio cómodo, pues estaba lleno de ruido de fondo: de carcajadas, de música de fiesta de pueblo, de charlas amortiguadas. Se miraron y se sonrieron.

—¿De qué huías cuando decidiste venir? —continuó Victor.

Sofia suspiró.

—Creo que huía de todo. Incluso de mí misma. O quizá sobre todo de eso. —Sofia se empezó a morder las uñas.

Se notaba que Victor no sabía demasiado qué decir. No se lo veía cómodo con las conversaciones profundas y optó por el humor:

—Ahora entiendo eso del Tinder, pues.

—Aquello fue una estupidez.

—Pues a mí me alegró la vista aquella estupidez.

Ella le sonrió, y él entonces intentó una aproximación, colocando su mano poco a poco pero estratégicamente sobre el muslo de Sofia. Pero fue tan forzado y tan a propósito de nada que Sofia lo rechazó de forma más o menos sutil.

—¿Volvemos con los demás? Esta canción me encanta.

Él asintió y, mientras se levantaba, le pidió perdón. No había sido nunca una gran actriz, y supuso que tenía una expresión de desconcierto interesante. Le supo mal.

—Tranquilo, no pasa nada. De veras.

En la plaza, el ambiente se había caldeado aún más. El alcohol había surtido su efecto, la música parecía más alta y el número de personas, también. Victor fue a saludar a unos amigos y Sofia buscó a Julien con la mirada, pero no lo encontró, así que volvió a buscar provisiones. Cuarta cerveza. De nuevo en solitario, apoyada en la barra, ordenando la información. Hasta que unos instantes después estalló un fuego artificial en medio de la oscuridad del cielo y las voces de todos los que estaban allí se fundieron en un *oh* coordinado que obligó a Sofia a mirar también hacia arriba, como todo el mundo.

Los fuegos artificiales siguieron un largo rato. Ella, que nunca habría imaginado que la fiesta contara con tanto presupuesto, estaba encantada, casi hipnotizada. Se dejó seducir por aquellas palmeras y aquellos estallidos secos, no dejó que en ese momento importara nada más. Pensó en casa. En Barcelona. Quién le habría dicho hacía un mes que ahora estaría allí, en un pueblo perdido, entre gente casi desconocida, viendo aquel espectáculo, y siendo extrañamente feliz.

Julien llegó justo a tiempo, a cinco minutos de que acabaran los fuegos artificiales, con una copa de cava que le invitó a compartir. Sonreía, y ella no lo pudo evitar y le dijo:

—¿Sabes? Estoy contenta de estar aquí. De haberos conocido —hizo una pausa—. De haberte conocido.

CAPÍTULO DIECISÉIS

No tenía claro en qué momento había accedido a aquello, pero el caso es que la alarma sonó a las ocho y, como lo había prometido, salió de la cama. Abrió la ventana y, si bien una bocanada de aire frío le devolvió una pizca de vida, se sentía igualmente destruida, con una resaca espantosa que costaría mitigar. Lo intentó con una ducha, un vaso de agua y un ibuprofeno. Después se tapó las bolsas de los ojos con corrector. Tenía que estar presentable, parecer una adulta responsable. Maldijo durante cada segundo a la Sofia de la noche anterior, que, entre la borrachera y la emoción del momento, cuando la fiesta ya se estaba diluyendo, se había encontrado a Camélia y había aceptado —¡incluso con ganas y sin apenas dudarlo!— la propuesta de ir a conocer su «escondite».

A cualquier otro le habría cancelado directamente el plan, pero, aparte de que Camélia no tenía móvil, claro, si algo tenía claro Sofia era que con la ilusión de los niños no se jugaba.

Llegaba tarde. Para más inri, debería hacer un esprint hasta el parque infantil. En fin.

Cuando llegó, Camélia ya se encontraba allí, junto con su madre, que la había acompañado. Llevaba una mochila de Frozen —para variar— y daba saltos, emocionada.

—Me llamo Mélanie, encantada. Camélia ya me ha dicho que os habéis hecho amigas.

Llevaba el pelo corto, muy rubio, tenía unos ojos de color azul gélido y era bajita y delgada. Igual que Camélia. Su tono de voz era simpático y cordial. Parecía tímida; se notaba que trataba de ser agradable, pero no le salía muy bien. Mélanie le tendió la mano. Sofia consideró que un apretón de manos quizá fuera demasiado formal para la ocasión, pero lo aceptó. Después, Mélanie sacó veinte euros del bolsillo. Sofia no entendía nada.

—Ya sé que habéis quedado y que no tengo por qué hacerlo, pero es mi manera de agradecerte que me permitas tener dos horas de descanso de este terremoto —dijo, señalando a Camélia.

Sofia notó que Mélanie no estaba tan tensa y que su simpatía se tornaba más natural. Se negó a aceptar el dinero, pero ella insistió tanto que acabó cediendo.

—Aquí os dejo, chicas. Pasadlo muy bien.

Con su nueva posición de canguro por sorpresa, iniciaron la marcha. Camélia era la guía de la excursión. Sofia, que no las tenía todas consigo, le preguntó si estaba segura de a dónde iban, y ella le respondió que claro que sí, ofendida. Lo cierto era que no tenía ni idea de la fiabilidad de los niños de seis años, pero qué era lo peor que podía pasar. En nada dejaron el pueblo atrás y enfilaron la carretera principal, en la misma dirección que había tomado ella el día anterior, cuando había salido a correr. Sentía un poco de curiosidad por saber dónde acabarían, pero intentaba no hacerse demasiadas ilusiones. Ya había hecho aquel camino y no recordaba haber visto nada muy espectacular, más allá de bosque salvaje e insectos de todo tipo.

Camélia hablaba por los codos. Le explicaba anécdotas de su día a día con frases cortas y mal construidas, y Sofia se moría de la gracia y la ternura que desprendía. En un momento dado, la pequeña se detuvo, se descolgó la mochila y sacó la cantimplora para beber agua. Sofia le preguntó qué más llevaba, y ella le enseñó, orgullosa, unas galletas, un peluchito y un bote de crema solar.

—¿Y tú?

Sofia se dio cuenta de que no había llevado nada de nada.

—Yo… yo soy un desastre, Camélia. Tengo que aprender mucho de ti.

Siguieron caminando. Sofia se notaba cansada y Camélia parecía tener toda la energía que a ella le faltaba. Pero, por suerte, al cabo de poco volvió a detenerse y le anunció que ya habían llegado. No habían salido de la carretera principal. Sofia no veía nada especial.

—Es allí abajo —dijo, señalando un caminito que partía a la izquierda, a unos metros de donde estaban, y que quedaba camuflado por los arbustos. Nunca antes se había fijado en él.

Reanudaron la marcha. Al inicio del camino, a la altura de sus pies, vio una placa de piedra con unas letras desgastadas en la que se podía leer: CEMENTERIO. Sofia sintió un escalofrío.

—¿Me llevas al cementerio?

Pero ella no contestó. No tardó en darse cuenta de que la respuesta era afirmativa. Sí, se la había llevado al cementerio. Estaba bien cuidado y tenía unas vistas espectaculares del valle, era cierto, pero no dejaba de ser un cementerio, y ella no lograba entender cómo había acabado allí con una niña de seis años.

—Me gustan las flores —dijo Camélia—. ¿Y a ti?

—A mí también me gustan las flores.

No sabía qué decir. Camélia fue a buscar unas cuantas lilas que había en una esquina y las empezó a repartir por las lápidas.

—Mamá me dijo un día que en estas cajas hay muertos. Yo vengo a saludarlos para que no se piensen que ya no tienen amigos.

Sofia tragó saliva. Continuaba sin saber qué decir.

—Está muy bien, Camélia.

Decidió dejarla a su aire y dar una vuelta, aunque el cementerio era pequeño. Se fijó en algunas lápidas. Encontraba consuelo al ir confirmando una a una que las personas que descansaban allí eran de edad avanzada. Era una especie de obsesión que tenía. Le habría gustado conocer las historias de todos los que estaban allí, se dijo. Seguro que había algunas increíbles.

Entonces llegó a la zona de los mausoleos familiares y no le costó darse cuenta de que el primero era el de la familia Fourquier. Estaba impecable y decorado con las flores más exuberantes. Había una larga lista de nombres. Sintió un escalofrío monumental al pensar que no tardaría mucho en haber un nombre más en la lista. Aquel pensamiento la entristeció. Imaginó a Julien y a Louis en ese mismo punto, llorando a Anne, más pronto que tarde. Ley de vida. Pero qué injusto. Se preguntó si Claire también estaría. Asumió que sí, estuviera donde estuviera en ese momento.

Camélia no tardó en reclamar su atención, así que el momento de reflexión tuvo que acabar en breve. Sofia, fingiendo una emoción exagerada, le preguntó qué tenía ganas de hacer y ella respondió, lisa y llanamente, que quería disfrazarse de Frozen. No había nada que le apeteciera menos a Sofia en ese momento, pero se obligó a hacer un esfuerzo por complacerla.

Volvieron al Bellavista y subieron a la habitación. Sofia dejó que Camélia le revolviera todo el armario, hasta que sacó un fular de colores y decidió que todo lo demás no le servía, que lo que necesitaba era ni más ni menos que la enorme colcha azul oscuro para ponérsela como capa. Sofia resopló, pero accedió. A continuación, fue el turno del maquillaje. También la dejó hacer. Dos cuadros abstractos, concretamente. Y luego cantaron a pleno pulmón, bailaron y rieron.

Hasta que fue la hora de devolver a Camélia a casa.

La sentó en la cama y la desmaquilló, despacio y con cuidado. Disfrutó mucho de ese momento de tregua, pausado y tranquilo. Camélia se dejaba llevar, tenía los ojos cerrados y sonreía.

—Gracias por enseñarme tu lugar secreto, Camélia.

La pequeña asintió y le dijo que se lo había pasado en grande.

Llegó al Bellavista cuando ya era la hora de cenar y desde la terraza vio a Julien en la cocina. Se lo quedó mirando, con el corazón alegre. Aquel individuo contribuía en gran medida a su felicidad, tuvo que admitir.

Fue a su encuentro.

—Ayer conocí a tu madre. Antes del baile —dijo.

Se lo quiso explicar durante la velada, pero no había hallado el momento oportuno. Ahora estaban los dos solos, ella estaba sentimental, y quizá la estaba cagando, pero le parecía una buena oportunidad para abrirse el uno al otro.

Él echaba orégano a la pizza que estaba preparando y no cambió la expresión. Se lo veía relajado.

—Seguro que le encantó conocerte. Todos le hablamos de ti.

Sofia sonrió.

—A mí también me encantó. Sois clavados —calló unos segundos, Julien le sonrió—. ¿Qué le pasa, si se puede saber?

—Tiene cáncer de páncreas. Y ya sabes qué dicen del cáncer de páncreas.

—Sí.

—Al menos no le duele.

—Lo cierto es que tenía buena cara y parecía tranquila. Es guapísima. Tenéis unos buenos genes, ¿eh? —dijo para escapar un poco del dramatismo, mientras Julien metía la pizza en el horno—. A todo esto, tienes una hermana, ¿verdad?

No desaprovechó la ocasión.

Julien asintió.

—Claire. Es dos años más pequeña que yo. ¿Te habló de ella? —dijo, sorprendido.

—No, me pareció haber visto una foto un día. Ahora no recuerdo dónde.

Se le daba fatal mentir, pero no había tenido tiempo para pensar nada mucho mejor. Tampoco creía que importara.

—Hace años que vive en Chile. Trabaja de maestra —añadió Julien, que ahora estaba apoyado en el mármol de la cocina.

—Guau, Chile. ¿Os veis a menudo?

—¿Tú qué crees? —rio él—. Ojalá. Pero no. ¿Tú tienes hermanos, Sofia?

—«Ojalá. Pero no» —imitó.

—Ser hija única también debe de tener sus ventajas, ¿no?

—Supongo. Pero que los padres tengan que poner todas sus expectativas en una sola persona me parece una clara desventaja. Te toca aceptar toda la presión, no puedes ser una decepción —dijo, bromeando.

—Visto así…

Louis hizo acto de presencia y Sofia optó por batirse en retirada, ya que no parecía de muy buen humor.

—Subo a ducharme. Nos vemos por aquí.

CAPÍTULO DIECISIETE

Una cebolla grande, vino blanco, parmesano, arroz, caldo de pollo y pimienta. Tocaba cocinar su plato estrella, el *risotto*. Sin setas ni florituras, *risotto* simple pero buenísimo. O al menos eso le decía Manel. Nunca habría imaginado que lo cocinaría para otra persona, y menos que aquella persona serían Ethan y Julien. Pero allí estaba, camino de Saint Martin, rumbo al supermercado para conseguir los ingredientes necesarios precisamente para eso. Ilusionada.

Por suerte, hacía un día radiante. El azul del cielo era tan azul que daba incluso angustia. Ese día no habría sorpresas meteorológicas. Había iniciado la marcha pronto y, de nuevo, sola, aunque esta vez le habían ofrecido acompañarla en coche. Pero ahora que ya conocía la ruta, prefería caminar. Hacer un poco de ejercicio, obligarse a disfrutar de aquellos bosques y de aquella soledad que tanto echaría de menos cuando volviera a Barcelona.

Estar allí, vivir escenarios tan diferentes, entender que hay otras maneras de vivir, la estaba cambiando, le estaba haciendo restablecer las prioridades. Y no las que la sociedad esperaba de ella, sino las suyas propias, las verdaderas, las que iban de la mano de sus valores y preferencias, se dijo. Se daba cuenta de que necesitaba mucho menos de lo que ella creía para ser feliz; y no solo eso: que los ingredientes para la receta de aquella felicidad eran nuevos y sorprendentes. E igual de válidos. O quizá incluso más. Allí no necesitaba una pareja estable, un salario fijo, una posición respetable, un piso en el centro. Allí solo necesitaba un libro, una mesa al fresco, vistas a las montañas y a ella.

El camino se le hizo corto y en seguida volvía a estar en el mismo supermercado que la última vez. Lo puso todo en el cesto y fue a la caja. Pero había seleccionado el vino más barato por inercia y, de repente, le supo mal. Además, tenían pinta de ser exigentes en aquel aspecto y no quería parecer rancia. Retrocedió y eligió otro. También pensó que podría llevar unos postres. Un helado, por ejemplo. De chocolate. Volvió a pensar en los preservativos, en Julien, en su situación; avanzaban poco a poco, pero no tenía claro en qué dirección. Seguía sintiéndose ridícula solo de pensar en comprarlos de verdad. Quizás a la tercera sería la vencida. Pagó.

Después quiso volver a probar suerte con la biblioteca. Antes, sin embargo, cruzó la plaza principal y vio que habían instalado un pequeño mercado de artesanía. Tuvo que detenerse. Había puestos de embutidos y quesos, de panes y cocas, de bisutería fina y de decoración. Fue tan original que compró una sobrasada en un puesto con productos españoles. No lo había podido evitar; la echaba demasiado de menos y solo de verla se le había hecho la boca agua.

Tras esta pausa obligatoria, ahora sí, fue hacia la biblioteca, que en aquella ocasión había tenido más suerte y estaba abierta. Aplaudió, contenta. Era pequeña y antigua, apenas tenía zonas para leer, y Sofia se sintió un poco decepcionada. Ella había imaginado un espacio diáfano, inundado de luz y de madera, que invitara al recogimiento y a la calma. Pero no había sido nada realista en aquella ilusión. Era penoso, pero quiso suponer que también era comprensible. No creía que fuera muy concurrida.

Se dirigió a la sección de narrativa. La colección era bastante irrisoria, pero eso sí, contaba con todos los clásicos franceses. Hojeó *Las flores del mal* y le pareció accesible. Leería un poema cada día antes de ir a dormir y se sentiría un poco más culta. Lo pidió en préstamo y se apresuró a volver al Bellavista. Hizo el ascenso hasta el pueblo lo más rápido que pudo y su cuerpo manifestó cierta queja en forma de jadeos y gotas de sudor por las sienes. Pero habían quedado para cenar pronto y todavía tenía que cocinar y prepararlo todo.

Cortó la cebolla y comenzó a preparar el sofrito, mientras sonaba música tranquila a través del altavoz del móvil. Después escribió a sus padres y también llamó a Lara para matar el tiempo mientras la cebolla se reblandecía, pero no contestó. En seguida oyó que llegaba alguien. Deseaba que fuera Julien. Deseaba un rato con él, a solas. De veras lo deseaba. Pero era Ethan.

—¿Qué nos estás cocinando?

—Es sorpresa —dijo Sofia, haciéndose la interesante.

—¡Me hace ilusión esta cena de fraternidad! —dijo Ethan.

Sofia rio, mientras continuaba mezclando el sofrito y el caldo.

—¿«Fraternidad»?

—Me encanta esa palabra —repuso él—. ¿Te echo una mano con algo?

Sofia negó con la cabeza, pero Ethan ya había empezado a poner la mesa en la terraza. Julien no tardó en llegar y preguntar lo mismo:

—¿Te ayudo en algo, Sofia?

Volvió a negar con la cabeza.

—No hagáis nada, limitaos a sentaros y disfrutar. Hoy me encargo yo de todo.

La cena había sido una iniciativa de Sofia. Por primera vez allí, había notado el estímulo y la ilusión de hacer algo «especial». Le habría encantado invitar solo a Julien, poder tener una conversación larga y tranquila solo con él, pero no se había atrevido. Tampoco quería que Ethan se sintiera excluido, y los tres hacían realmente un buen equipo.

Llevó el *risotto* hacia la mesa.

—*Voilà*. ¡Espero que os guste! —Agarró el primer plato y se puso a servir, mientras Julien abría la botella de vino blanco y llenaba las copas con dosis generosas.

Tenedor en mano, se pusieron a remover el arroz para que se enfriara, mientras los dos elogiaban la buena pinta que tenía y lo bien que olía.

—¿Qué tal fue el baile, por cierto? —preguntó Ethan.

—Muy bien. Divertido. ¿Por qué no vinisteis al final Louis y tú? Creía que a Louis le hacía ilusión —dijo Sofia.

—Louis no se encontraba bien y prefirió quedarse dentro. Estuvimos con Anne, haciéndole compañía, mientras él y yo jugábamos al ajedrez. Os divertisteis, ¿no? —Sofia y Julien asintieron. Ethan prosiguió, ahora irónico—: Yo también tengo una pregunta… —Hizo una pausa—. ¿Qué tal con Victor?

Sofia se puso tensa y odió a Ethan por unos segundos.

—No sé a qué te refieres, Ethan —dijo, ansiosa.

Después miró a Julien. Tenía una expresión neutra y seguía comiendo el *risotto*. No parecía interesado en el tema y a Sofia le dolió un poco.

—Me han dicho que durante la fiesta os escapasteis un rato juntos, con Victor, ¿no? Esto es un pueblo, aquí se sabe todo… Confiesa…

Lo decía con un tono juguetón, sin ánimo de ofender, pero a Sofia no le apetecía en absoluto que aquel simple comentario pudiera metérsele en la cabeza a Julien, haciéndole asumir que la puerta de Sofia estaba cerrada por lo que a él se refería y que la había dejado abierta a Victor. Aunque quizá le era completamente indiferente.

—Ethan, Victor y yo somos amigos y ya está —dijo, contundente, para que se la tomara en serio—. No estoy para historias yo.

Ethan alzó las manos al aire y sonrió, en señal amistosa, mientras Sofia se arrepentía de haber dicho esto último.

—Vale, vale.

Dejó el tenedor en el plato y cambió de tema:

—¿Cómo está Anne? ¿Cómo van las memorias?

—Va tirando —dijo Julien—. Tiene días mejores y días peores.

—Explicarme vuestra historia familiar la anima. La verdad es que saldrá un buen libro —dijo mirando a Julien—. No sé si lo sabes, Sofia, pero la familia Fourquier siempre ha sido muy importante para este valle. La mayoría de alcaldes de Venanson y Saint Martin han sido miembros de su familia. Han contribuido mucho a que todo esto prosperara y se convirtiera en lo que es ahora. Anne no quería que eso quedara en el olvido.

Sofia asentía, atenta, con los dedos aún enroscados en el tenedor, dándole vueltas al *risotto* por pura inercia.

—Suena muy interesante. ¡Seré la primera en comprar el libro cuando salga! O si necesitas a alguien que lea el primer borrador… ya lo sabes. Me encantaría.

—No se publicará nunca. Solo lo hace como legado, para que las generaciones posteriores puedan conocer la historia de la familia y lo tengan todo resumido en un solo documento, fácil y accesible —se apresuró a decir Julien, seco.

—Bueno, nunca se sabe —añadió Ethan.

—¿Tú te has planteado alguna vez ser alcalde de Venanson, Julien? —añadió Sofia, para relajar el ambiente.

Ethan rio.

—No, la verdad es que no —dijo Julien, sin mucha emoción—. Vamos, Sofia, come, que eso debe de estar ya congelado. ¿Te sirvo un poco más de vino?

Julien agarró la botella y, al darse cuenta de que ya estaba vacía, fue hacia la cocina a buscar la próxima víctima. Ethan y Sofia se quedaron solos, tranquilos, en silencio. Él miró hacia el cielo. Era la hora dorada y los colores lucían increíbles.

—¿Le pasa algo a Julien?

—No le gusta mucho la idea de las memorias —dijo Ethan, devolviendo la mirada hasta donde estaba Sofia.

—Vaya. ¿Y por qué no, si se puede saber?

—No todo lo que ha pasado en la familia ha sido bueno. Ha habido episodios complicados.

—Como en todas las familias, ¿no? Qué memorias más aburridas si no, ¿verdad?

—Sí, no lo sé. Julien se preocupa por su madre, es todo. No ve claro que remover el pasado le sea de ayuda. Sufre mucho, aquí donde lo ves, pero lleva la procesión por dentro.

Sofia no sabía qué decir y Ethan lo notó.

—Pero tu presencia hace que se sienta mejor, si te sirve —añadió.

—¿Tú crees?

—Por supuesto —declaró—. Apenas recordaba la última vez que había visto sonreír así a Julien.

CAPÍTULO DIECIOCHO

Victor le había dicho que la pasaría a buscar a las nueve en punto y así había sido.

—¿Lista? —le dijo desde el asiento del conductor.

Sofia subió al coche asintiendo, pero dudando seriamente de lo que estaba haciendo.

—Sofia, te has traído el bañador, ¿no?

Contestó que sí, y Victor arrancó el coche y puso música a todo volumen. Eran baladas francesas lamentables, pero él las tarareaba con algo de encanto. No estaba segura de si había tomado una buena decisión al aceptar aquella escapada, pero había hecho una lista de pros y contras, y habían ganado los pros, de manera que no había nada más que discutir. Ahora repasaba la lista mentalmente, por si se le había escapado algún punto a tener en cuenta. Pros: airearse y conocer Niza. Contras: Victor. 2-1. Pero ese gol en contra era de peso. No era tanto por él, en el fondo. Sabía que sería un guía estupendo y que pondría todo su empeño para que se lo pasaran bien. Él era así, despreocupado, fácil. El único problema era que ella habría preferido a Julien a su lado y, al actuar tal y como lo estaba haciendo, sentía que se estaba desviando de aquella dirección. Pero intentó no obsesionarse con ello. Tampoco hacía nada malo.

Los primeros indicios de metrópolis que vislumbraron poco después en el horizonte la trasladaron directamente a su querida Barcelona, para ella, la mejor ciudad del mundo.

Le gustaba estar allí, respirar esa pureza, pero al ver aquellos edificios sintió inevitablemente una nostalgia feroz.

—¿Has estado alguna vez en Barcelona, Victor?

Él le dijo que no y ella lo animó insistentemente a ir, tal y como hacía siempre que se topaba con alguien que no conocía su ciudad.

También como en Barcelona, intentaron aparcar por el centro, con más desesperación que acierto. Victor se estaba poniendo nervioso y Sofia accedió a pagar ella un *parking*. Aunque sus ingresos allí eran mínimos, sus gastos también, e incluso sentía cierta emoción al usar la tarjeta de crédito.

Hicieron todas las turistadas obligadas: perderse por las callejuelas del centro, recorrer un tramo del maravilloso Paseo de los Ingleses, fotografiarse delante del hotel Negresco y comer crepes. Hacía calor, mucho más de lo esperado, así que, tras visitar el mercado y comprarse un ramo de flores secas, Sofia finalmente accedió a un chapuzón en la playa. La conversación con Victor estaba siendo perfecta: superficial y sin silencios incómodos, como si lo hubieran pactado por adelantado. No abordaron temas personales, ni trascendentales, se limitaron a preguntarse por asuntos también importantes, por supuesto, pero en otra línea: su sabor de helado favorito, el viaje que habían hecho más lejos o la serie que estaban viendo.

El agua estaba helada, pero el baño fue increíble. Al salir, los guijarros se le clavaban en los pies y chillaba como una pánfila, pero a Victor le hizo gracia y estuvo bien. Se quedaron allí sentados un rato, y finalmente Victor propuso ir a tomar un mojito, observar el atardecer y despedir así el día. Sofia aceptó encantada. Brindaron por haberse conocido.

—¿Te puedo decir algo? —dijo entonces Victor.

A Sofia le saltaron todas las alarmas.

—Claro. Dime.

—Solo quiero dejar las cosas claras.

—Victor, yo... —empezó a decir ella, anticipando una catástrofe inminente.

Pero Victor la cortó:

—Ya sé que te gusta Julien, se te nota. Tú y yo podemos ser amigos, yo encantado. —Ella no decía nada. Se rascaba la frente con una mano mientras sostenía la copa con la otra, a la espera de que Victor continuara—. Lo que te quería decir, sin embargo, es que conozco a Julien desde hace muchos años. Sé que es un tipo complicado. O, no lo sé, llámalo como quieras... a veces es difícil saber qué le pasa por la cabeza, ya me entiendes. —Sofia asentía, expectante—. Pero quería decirte que estoy seguro de que lo que sientes por él es recíproco.

Sofia alzó las cejas, sorprendida.

—¿Y por qué me lo dices ahora?

—Por si podía ayudar —dijo, sonriente.

Había sido una información muy útil y claramente gratuita e inesperada, pero también bienvenida. Sofia tuvo la sensación de que Victor se había estado guardando aquel apunte durante todo el día, y que finalmente había accedido a soltarlo en un intento sincero de evitar que la historia protagonizada por ella y Julien, dos personajes con una accesibilidad emocional cuestionable, acabara naufragando sin haber zarpado siquiera.

—Gracias, pero no creo que fuera a salir bien.

Victor levantó las manos y no dijo nada más al respecto, como si diera por resuelta y satisfecha aquella intrusión puntual en temas más profundos. Sofia, sin embargo, quiso aprovechar el momento sentimental.

—Muchas gracias también por el día de hoy. No tenías por qué hacerlo y he disfrutado mucho.

Victor sonrió.

—Ya tengo pensada la próxima excursión. Estoy plenamente decidido a hacerte cambiar de opinión con respecto a los franceses siendo la persona más amable del mundo.

—Valoro el intento, pero creo que lo único que conseguirás es ser la excepción que confirme la regla, lo siento...

Tenían una hora y media de vuelta en coche. Sofia estaba exhausta y se habría pegado una buena siesta, pero, si había un principio que respetaba, era el siguiente: como nunca conducía, al menos tenía que estar a la altura como copiloto. Sin excusas. Encendió la radio y trató de poner una emisora de música que pudiera conocer. La oscuridad del exterior no ayudaba a mantener abiertos los párpados, pero cantar sí lo haría. Lo dio todo, no le daba vergüenza alguna porque, en el fondo, aunque nunca lo reconocía, sabía afinar lo suficiente. Lo había heredado de su madre. Se dejó la garganta en tres canciones seguidas y en la cuarta se detuvo para descansar y porque no se sabía del todo la letra y, si algo odiaba, era inventársela.

Rieron un buen rato y siguieron cantando hasta que Victor la dejó en el Bellavista, donde reinaban la noche y el silencio. Volvió a ver a Milo, el gato que le había dado la bienvenida los primeros días. No lo había vuelto a ver desde entonces. Pensó que no había pasado ni un mes y, sin embargo, se sorprendió al darse cuenta de que todo, literalmente todo, había cambiado.

Fue directa a lavarse los dientes y la cara y a dormir. Antes de activar el modo avión, vio una llamada perdida de Lara y se prometió llamarla al día siguiente. Dedicó unos pensamientos a Julien. La declaración de Victor había sido impactante y la había alegrado, para qué negarlo. Sabía, sin embargo, que sería de todo menos sencillo, y tampoco tenía

114

ganas de forzar nada. Finalmente, empezó a leer *Las flores del mal*. Le echó una ojeada por encima y acabó el día con este poema, repitiendo en bucle la última estrofa hasta quedarse anestesiada:

> *Que procedas del cielo o del infierno, ¿qué importa,*
> *¡Oh, Belleza! ¡monstruo enorme, horroroso, ingenuo!*
> *Si tu mirada, tu sonrisa, tu pie me abren la puerta*
> *de un infinito que amo y jamás he conocido?*
>
> *De Satán o de Dios, ¿qué importa? Ángel o Sirena,*
> *¿Qué importa si, tornas —hada con ojos de terciopelo,*
> *ritmo, perfume, fulgor ¡oh, mi única reina!—*
> *el universo menos horrible y los instantes menos pesados?* [1]

---

1. Se trata del «Himno a la belleza», el vigésimo primer poema de *Las flores del mal*, de Charles Baudelaire. En este caso, se ha utilizado la traducción de Alain Verjat y Luis Martínez de Merlo, publicada en Cátedra (2006).

CAPÍTULO DIECINUEVE

La llegada de unos huéspedes inoportunos, que Louis le había notificado a través de una nota por debajo de la puerta, fiel a las instrucciones del primer día, alteró los planes del día de Sofia. Ya casi había olvidado que estaba en un hotel y que, además, estaba allí precisamente para trabajar. Supuso que Louis y Julien estarían malhumorados; a pesar de los esfuerzos para que nadie los encontrara ni en internet ni en ningún otro lugar, siempre estaban los típicos espabilados que conseguían hacer una reserva.

Al principio, Sofia no lo entendía en absoluto, pero ahora creía que todo iba encajando. Querían mantener el hotel abierto por cuestiones sentimentales, pero, al mismo tiempo, no se atrevían a velar por llenarlo de vida por esa misma razón. Una paradoja interesante. O al menos una teoría interesante.

Se puso tras el mostrador a esperar. Recordó la entrada triunfal de Ethan. Su *check-in* lamentable. Ahora, al menos sabía la contraseña del ordenador. «Dauphin», cómo olvidarla. Mientras esperaba, sacó el móvil y se puso a hacer fotografías con un poco de encanto del interior del Bellavista.

—Fue idea mía, ¿lo sabías?

Ethan apareció de la nada.

—No jodas que vuelves a ser tú el nuevo cliente, pero con otro nombre —bromeó Sofia.

Él sonrió, Sofia le preguntó a qué se refería.

—Eso de poner la oferta en LinkedIn. Yo pienso como tú. Me da lástima ver este hotel tan triste. Pensé que no le vendría mal un poco de aire fresco.

—¡Aleluya! Por fin lo empiezo a entender todo —contestó, visiblemente satisfecha—. ¿Y se puede saber cómo los convenciste?

Ethan se apoyó en el mostrador de madera, mientras Sofia lo miraba, sentada delante del ordenador.

—Confieso que en un primer momento no se lo dije. No tenía muchas esperanzas de encontrar a alguien que encajara, lo hice un poco para jugar. Pero aquí estás.

—Sigo sin saber cómo los convenciste.

—Supongo que los encontré de buen humor. —Se detuvo, con la mirada perdida hacia fuera—. En realidad… si te soy sincero, les dije que ya era demasiado tarde, que ya te había dicho que sí y que ya estabas de camino. Que no había vuelta atrás. Fui yo quien te envió el correo de bienvenida.

—O sea que todo esto es culpa tuya, ¿no? —dijo, levantando mucho las cejas, divertida.

—Estoy seguro de que al final todos me lo agradeceréis.

Llamaron a la puerta del Bellavista y Sofia suspiró. Ethan fue a abrir y saludó efusivamente. Una pareja de unos cincuenta años, vestidos y equipados para la montaña, desde las botas Goretex hasta las gafas de sol deportivas polarizadas, hizo aparición. Los dos eran muy rubios y Sofia se dio cuenta en seguida de que no hablaban francés. Pasó al inglés, y ahora sí: eran alemanes, venían de un pueblo cercano a Berlín, y estaban allí para «descubrir los Alpes Marítimos». Le habría encantado poder ofrecerles más información al respecto, pero iban tan bien preparados que Sofia tuvo que admitir, sin recelo, que muy probablemente sabrían bastante más que ella.

Introdujo sus datos en el Excel, les dio la llave de una de las habitaciones, les dijo los horarios de los desayunos —que casi ni recordaba— y les deseó una buena estancia. Los turistas se retiraron hacia su habitación.

—Has mejorado, ¿eh? —dijo Ethan.

Sofia se levantó y, dedicándole una risa pícara, anunció que ella también se iba arriba.

Decidió que era un buen momento para hablar con Lara. Le escribió, preguntándole si le iba bien que se llamaran, pues para el resto del mundo era un día laborable como otro cualquiera. Se puso un jersey y los auriculares, y se alejó del Bellavista. Aunque probablemente no entenderían la conversación, no quería que nadie la escuchara. Además, tenía ganas de pasear.

Se puso un par de canciones mientras esperaba que Lara la llamara durante la pausa del trabajo. Las dos eran de Oh Wonder. Hacía poco que las había descubierto y tenía la sensación de que encajaban perfectamente con cómo se sentía allí, con lo que se respiraba dentro y fuera de ella. Acabó poniéndose el disco entero. Sentirse en sintonía con el entorno era una sensación adictiva y, como tenía la libertad para hacerlo, por qué no alargarla hasta que se hartara de ella.

—¡Por fin! —oyó gritar a Lara poco después.

Su tono de voz, tan distinto de su equilibrio de espíritu actual, le dieron ganas de colgar y justificarlo con una falta terrible de cobertura. Pero respiró hondo y la dejó continuar con su batería de preguntas habitual: dónde estás, cómo estás, qué haces. Sofia la invitó a que fuera ella la que se explicara primero, pero no tenía muchas novedades. Le dijo que estaba bien, en casa, que había parado un rato de trabajar para tomar un café. Que planeaban una escapada a la Costa

Brava con Pau para el fin de semana y que le hacía mucha ilusión. Así pues, en seguida fue el turno de Sofia:

—¿Y tú qué? ¿Has aceptado ya que te gusta Julien? —cambió de tema Lara, picarona.

Sofia dejó que el silencio y la risa floja respondieran por ella.

—He descubierto que tiene una hermana que se llama Claire, que vive en Chile. Resulta que es la chica de la foto del fondo de pantalla del móvil de Julien. No era su novia.

—Pues a por todas, ¡¿no, Sofia?!

—Lara, déjalo —dijo negando con la cabeza—. Ya te dije que era demasiado complicado. Ya me está bien así. Me distrae, es suficiente.

Decía lo contrario de lo que pensaba sin saber muy bien por qué. Seguramente para protegerse. Decidió salir por la tangente:

—Creo que hace años que no se ven con Claire. Chile está realmente lejos… Es una lástima. Y más teniendo en cuenta cómo está su madre.

—Ya —dijo Lara, poco entusiasmada. Aquel cambio de tema la había desinflado.

—Supongo que vendrá en algún momento. A despedirse, ya sabes. Ya te diré qué tal, si la conozco.

Lara le dijo entonces que tenía que volver al trabajo y se despidieron. La llamada había sido corta, pero suficiente.

Puso una vez más el disco de Oh Wonder, mientras regresaba al Bellavista. Las letras le recordaban a Julien y, con ello, al hecho de tener que evaluar seriamente qué hacer con ese frente. Ansiaba tirarse de cabeza a la piscina, esa era la verdad. Pero, si bien quizá fuera cierto lo que decía Victor, y no estaba vacía, todo apuntaba a que las circunstancias harían que se ahogara igualmente. Lo tenía todo en su contra:

era una nadadora mediocre que encima estaba saliendo de una terrible lesión. Y lo peor de todo: no tenía tiempo para quedarse buceando con las aletas y las gafas todo lo que quisiera; la vuelta a Barcelona le obligaría a tirar la toalla inexorablemente.

¿Quién sería tan estúpido de probar la temperatura del agua tan solo con la punta del pie?

CAPÍTULO VEINTE

E se día había tenido que servir el desayuno de los nuevos huéspedes y, por tanto, había madrugado. Estaba charlando con ellos en el comedor, cuando Julien había aparecido. Se acababa de levantar. Llevaba el pelo despeinado y una cara de cansado de manual. Estaba igualmente atractivo. O incluso más. Sofia esperó su sonrisa habitual, pero no la obtuvo. Julien fue directo hacia fuera.

Aunque todavía no había decidido qué hacer con *la piscina*, para Sofia aquello fue como una cuchillada. Hizo un escaneo cerebral para hallar un porqué, y la hipótesis ganadora fue que se había enterado de que había ido a Niza con Victor y ahora no quería saber nada de ella.

Se disculpó con la pareja de alemanes, les deseó un buen día y salió en su busca, pero se había esfumado. Fastidiada, volvió dentro, a fingir que trabajaba para disimular ante los clientes. Entró en el almacén y, para distraerse, tomó la iniciativa de repostar la nevera de bebidas. O más bien, sustituyó las bebidas caducadas por unas nuevas para que los alemanes no se intoxicaran. Quedaba poco *stock* y se planteó hacer inventario para tirar todo lo que ya no era comestible y convencer a alguien para ir a comprar a un supermercado de los grandes, que echaba de menos.

Sucedió mientras recolocaba todo lo que se le ponía delante: paquetes de espaguetis y de arroz, latas de atún, briks de zumo de naranja. Los vio en un rincón, bien colocados, cubiertos por una tela vieja y sucia: los cuadros. Todas las fotografías que habían abandonado los muros de aquella casa y que habían dejado las marcas en las paredes que había visto ya el primer día.

Dudó si acercarse a ellos, pero la curiosidad ganó el pulso. Aquel hallazgo había sido realmente fortuito. Había más de veinte. La mayoría eran retratos de familia en los que aparecían los cuatro. En la nieve, haciendo kayak, montando a caballo, pescando, riendo, viviendo. Louis, Anne, Julien y Claire.

Estuvo un buen rato observando aquellos recuerdos. Uno de ellos le hizo gracia, porque era, ni más ni menos, una fotografía de los cuatro en Barcelona, visitando el Park Güell. Sofia sintió una mezcla de angustia y fascinación al pensar que los había tenido tan cerca en aquel preciso momento, pero que entonces eran unos completos desconocidos y que, por mucho que se hubieran cruzado, no se habrían reconocido.

Junto a los cuadros encontró unas cuantas cajas. En todas se leía: Claire. Eran sus efectos personales, algunos antiguos, otros no tanto. Inspeccionó una que tenía el precinto mal colocado y estaba medio abierta: había postales de amigas, un llavero con forma de medio corazón, libros y revistas de hípica, una vela de lavanda, más fotografías, y un largo etcétera de objetos que decidió que era mejor no seguir fisgoneando.

Lo dejó todo como estaba, recogió las bolsas de basura llenas de comida caducada, y salió a tirarlas. Julien volvía a estar allí, sentado a una de las mesas, fumando.

—¿Qué haces? —le preguntó él.

—He hecho limpieza en el almacén. He visto los cuadros. Espero que no te sepa mal.

Sofia dejó las bolsas en el suelo y se sentó con él, que estaba serio.

Julien esbozó una sonrisa desganada y le ofreció un cigarro, que ella rechazó.

—Los sacamos porque queríamos hacer un lavado de cara del hotel —se justificó, antes de que ella preguntara—. Ya ves que no has sido la primera en tener la idea. Pintar las paredes era el primer paso. Pero qué te voy a contar. Así se ha quedado todo. No soporto ver las marcas en las paredes, pero volverlos a colgar sería peor —dijo, tenso.

Sofia notaba que no estaba bien y que el motivo iba claramente mucho más allá de Victor y de ella. Ahora se sentía ridícula por haber pensado que podía estar celoso.

—Julien, ¿estás bien?

Él asintió con la cabeza, pero no muy convencido. Se hizo un silencio. Sofia vio cómo la expresión de Julien pasaba de la seriedad a la tristeza sin poder evitarlo, y se levantó para cambiarse de silla y sentarse junto a él. Decidió arriesgarse a posar la mano sobre su pierna.

—Mi madre tiene dolor desde ayer y lo está pasando muy mal.

—Lo siento, Julien.

—No sé qué más hacer.

—Estás a su lado. Ya haces todo lo que tienes que hacer.

—Ha venido el médico hace un rato. Le ha dado medicación. Ahora está durmiendo.

Sofia asintió, mientras pensaba que aquello, claro, también formaba parte de *la piscina*. Los clientes salieron justo entonces y tropezaron con las bolsas que Sofia había dejado en mitad del camino. Se disculpó y fue a recogerlas, mientras volvía a despedirse de ellos por segunda vez ese día y Julien le preguntaba si tenía ganas de ir a la piscina municipal a airearse. Sofia no dudó. Era precisamente lo que quería: que Julien se sintiera bien a su lado, tener ese papel, ser puerto seguro.

Mientras iban a cambiarse, Julien, que parecía más tranquilo, le explicó que era una piscina especial, ya que, de hecho, no era una piscina, sino una balsa biológica, sin cloro ni tratamientos químicos. Sofia fingió que le parecía muy interesante.

Se despidieron por unos minutos; Sofia entró en la habitación y, tras probarse a la velocidad de la luz todos los bañadores y bikinis que había traído, fue al baño a depilarse. Cuando bajó, Julien ya la estaba esperando.

La radio fue la protagonista de todo el trayecto en coche. Hablaban del tiempo y de cómo bajarían las temperaturas la semana siguiente, a pesar de ser casi agosto.

—Pues suerte que hemos decidido ir hoy a la piscina, ¿eh? —dijo Sofia para romper un poco el silencio. No era tenso, pero, después de la conversación en la terraza, no quería dejarle espacios para pensar, temerosa de que volviera a evocar recuerdos tristes y su buen humor se disipara. Podía parecer una forma absurda de intentar protegerlo, pero no se le ocurría nada mejor. En el fondo, no se creía capaz de protegerlo de nada. Solo intentaba aliviar o distraer su dolor.

La radio pasó a hablar de los deportes y acabó con un repaso de las noticias más relevantes de la región, que ese día le parecieron especialmente ridículas. Un oso se había escapado de un zoo, se habían producido diez robos en una misma calle en una misma noche y no-sé-qué político había hecho no-sé-qué declaraciones.

Llegaron a Roquebilliere, pagaron los cinco euros por persona para acceder a la balsa natural, el Plain d'Eau, y extendieron sus toallas sobre el césped. Aunque hacía un día radiante y la localización era espectacular, no había casi nadie. Ventajas de estar en medio de la nada.

Se quitaron la ropa, se embadurnaron de crema solar y se pusieron a leer, como si nada importara mucho. Julien leía a Tolstói. Sofia no hizo ningún comentario al respecto, pero estaba impresionada. Ella había dejado los poemas de Baudelaire para antes de ir a dormir y continuaba con Jane Austen. A ese ritmo, en breve se acabaría todas sus novelas. Se arrepentía de no haber diversificado más a la hora de escoger lecturas, pero se consolaba pensando que siempre podía volver a la biblioteca, comprar libros en Niza o, a malas, en internet, aunque no había visto nunca a ningún mensajero en el pueblo.

Julien fue el primero en dar el paso de pegarse un chapuzón. Sofia aprovechó para darle un repaso de arriba abajo. No era ningún delito y mejoraba su estado de ánimo, como buena humana que era. Se tiró de cabeza como un nadador profesional, con la elegancia de quien lo hace bien sin parecer que se esfuerza, y dio unas cuantas brazadas. Sofia se animó a sumarse. Sin decir nada, entró en el agua, ella desde la orilla, poco a poco, porque estaba fría, y se mojó el cuerpo. Después se quedó pegada a la pared, con los ojos cerrados, los brazos extendidos y la cabeza apoyada en el césped.

En seguida notó la presencia de Julien y, sin moverse en absoluto, se animó a hacer una confesión, con el objetivo de disipar cualquier duda que él pudiera tener:

—¿Sabes que tú eres mi preferido? —dijo, tranquila.

Julien pidió que concretara un poco más:

—¿A qué te refieres?

—Pues eso. Que, de todos los personajes de mi nueva vida, tú ocupas el top uno. Solo quería dejarlo claro.

Le habría encantado que aquello fuera una película y que la escena siguiente fuera el beso esperado por los espectadores. Pero se tuvo que conformar con un Julien que sonrió y le dijo:

—Ya lo sabía. Pero gracias.

Rieron y aquello fue todo.

Cuando volvieron al Bellavista, era la hora de comer, pero Sofia estaba tan cansada que solicitó retirarse para echarse la siesta. El sol y el agua, y las emociones, la habían dejado agotada. Se tiró durmiendo dos horas y se despertó con un dolor de cabeza horroroso. No tenía ganas de hacer nada y, cuando aquello ocurría, pero todavía quedaba rato para la siguiente comida, siempre optaba por lo mismo: una ducha relajante.

Se quedó inmóvil bajo la cascada de agua, observando el bosque infinito. Aquello sería de las cosas que más echaría de menos cuando se marchara, sin lugar a dudas. Ya casi estaba a punto de llegar al ecuador de su estancia, pensó. Y, de repente, sintió angustia y miedo ante el hecho de que le quedaba mucho por hacer y poco tiempo. Se prometió que no perdería más tardes en la cama. Y, sobre todo, se prometió ser más valiente. Dos canciones de La Oreja de Van Gogh desafinadas, pero bien disfrutadas, fueron suficientes para que Sofia se sintiera como cuando sales del cine de ver una de esas películas donde la protagonista se come el mundo y tienes la firme convicción de que te lo podrías comer perfectamente tú también. Estaba lista para pasar a la acción: al salir de la ducha, le enviaría un mensaje a Julien.

Se enrolló la toalla en la cabeza y pensó qué le escribiría. Nada cursi, nada dramático. Le podía enviar una canción. El disco de Oh Wonder, por ejemplo, aprovechando que lo tenía en bucle.

Sacó el móvil y lo que vio la hizo la persona más feliz.

Se le habían adelantado.

Lanzó el aparato sobre el edredón y corrió al armario a abrir una de las botellas de vino tinto que guardaba, de las que había adquirido en su primera compra de supervivencia. Le dio tres tragos a morro. Brindó con el aire.

Después se sentó en la cama y volvió a leer el mensaje que había recibido hacía tres minutos: Hoy me lo he pasado muy bien contigo, Sofia.

CAPÍTULO VEINTIUNO

Al principio la propuesta le pareció indecente, pero luego se dio cuenta de que sus criterios de juicio eran reprobables. Pensó en su madre, inevitablemente. Ella, que esperaba que su hija tuviera una carrera brillante, hiciera un máster en el IESE, estudiara chino y no-sé-qué-más; que anhelaba en secreto —y no tan en secreto— que compaginara ser una arquitecta de renombre con ser un prodigio del piano, y tuviera una familia intachable, estructurada y ejemplar, y un perro de revista, y cantidades ingentes de dinero y una casa con jardín y todo un largo etcétera; ella sí lo habría encontrado indecente. La Sofia con el cerebro engatusado por ella, también. La nueva Sofia, no.

Tener casi treinta años, haber estudiado una carrera universitaria y que su empleo fuera hacer un *check-in* al mes y cuidar a una niña de seis años en un pueblo perdido en Francia, no tenía absolutamente nada de malo. No tenía absolutamente nada de malo por un simple hecho: Sofia se sentía a gusto. Reflexionó sobre el éxito y sobre por qué nunca lo relacionamos de forma directamente proporcional a la felicidad, cuando no debería haber fuente de éxito más deseable y envidiable que ser feliz.

Suspiró.

—Sí, acepto, Mélanie. Será un placer cuidar de Camélia.

El trato había sido simple: se quedaría con Camélia cuando lo necesitaran, de manera que Yann, su marido, y ella no irían tan ahogados, y Sofia ganaría un dinero que, de momento, todavía no necesitaba, pero que no le vendría nada mal. Salvarle la vida con una tirita y visitar juntas el cementerio habían forjado un vínculo entre ellas que, según Mélanie, a Camélia le había impactado.

—Y por eso se nos ocurrió la idea a Yann y a mí. Verás, yo trabajo de chef en un restaurante y hago horarios imposibles, y Yann es farmacéutico y está todo el día fuera, trabajando en Niza… Una mano de más siempre es bienvenida. Y tú eres ideal. Camélia te tiene en un pedestal, de verdad, te adora.

Sofia no tenía ni idea del grado de certeza de aquella historia, pero se ruborizaba inevitablemente al escuchar aquellas palabras. Nunca había sabido mucho cómo encajar los cumplidos.

Ese día era lunes y pensó en invertir algo de tiempo en buscar actividades que pudieran resultar divertidas. En un pueblo tan pequeño, tenía la sensación de que una no tenía más remedio que tirar de imaginación y de ganas. Y eso hizo. Repasó el Pinterest de arriba abajo, descubrió páginas web de maestras motivadísimas y vio vídeos en YouTube de manualidades. Sabía que no tenía por qué hacerlo, pero le gustaba hacer bien su trabajo, o al menos intentarlo. Y disfrutaba de tener tiempo para poder hacerlo. Trabajando de arquitecta, en muchos casos, la prisa la devoraba y acababa presentando proyectos de los que no estaba nada orgullosa, y aquel hecho la atormentaba mucho. Aquello no lo echaba de menos en absoluto. La arquitectura, en cambio, un poco, pero así estaba bien; sabía que era omnipresente en su vida, que siempre podría acudir a ella, si así lo deseaba, estuviera donde estuviera.

Encontró unos cuantos juegos divertidos que se podían hacer en el parque infantil y pensó que esa sería su primera actividad. Con un poco de suerte, habría otros niños y niñas que se sumarían, aunque siempre que había pasado por delante lo había visto vacío.

—¿Qué tal, Sofia? —Julien acababa de bajar del coche.

Sofia le sonrió y pensó en el mensaje de la noche anterior. Ella le había contestado que también se lo había pasado muy bien y él ya no había enviado nada más.

—¿Y tú? ¿Cómo está Anne?

—Está mejor, gracias. Yo también. Pero yo he preguntado primero —dijo él, riendo.

—Me alegro —hizo una pausa para sonreír—. Yo estoy muy bien. No adivinarías nunca lo que estoy haciendo... ¡Resulta que tengo un trabajo nuevo! Me estoy preparando.

—¿Así que nos das la patada?

Julien se había acercado y Sofia tuvo el impulso preocupante de saltar a sus brazos. Pero no lo hizo.

—Ya sabes que no. Me parece que podré con todo, ¿no crees? —dijo con ironía—. Además, si me necesitáis más, solo me lo tenéis que decir... no sé cuántas veces tendré que repetirlo.

—¿Y de qué trata el nuevo trabajo, si se puede saber?

Sofia giró la pantalla del portátil para enseñarle la búsqueda que había hecho en Google: «Juegos para niños de seis años». Julien le puso una mano sobre la cabeza y le alborotó el pelo. Ella sintió un escalofrío.

—Seguro que lo harás muy bien, Sofia.

Dicho esto, continuó su camino hacia el Bellavista.

—Puedes quedarte y hacerme compañía, si quieres. —Sofia no quería que se marchara.

Pero Julien se giró, sonrió, y siguió caminando hacia adelante.

—Vale, pues nada.

Sofia recordó entonces sus inicios con Manel y acabó repasando sus amoríos anteriores, que eran escasos pero muy diversos. En general, obsesiones sin sentido, ni tan siquiera consumadas. Algunos con más suerte.

Recordó que tenía todavía el Instagram descargado y entró en los perfiles de los protagonistas de aquellas historias, ya que la había invadido de golpe una curiosidad intensa de saber sobre sus vidas. Dejó a Manel para el final, porque era al que tenía más ganas de ver y, al mismo tiempo, el que sabía que podía doler más. Se alegró de averiguar ciertas cosas —que Marc había terminado la carrera de Física, que Roger continuaba con el esquí profesional—, pero, en general, sintió indiferencia, incluso en los casos en que, a través de imágenes de bodas y nacimientos de hijos e hijas diversos, quedaba patente que habían superado a Sofia Ricart. La vida era aquello, pensó. Aunque no dejaba de resultar extraño cómo personas por las que lo habrías dado todo ahora no eran nada más que un recuerdo apenas incapaz de generar turbación.

Con Manel, la sensación fue diferente, por supuesto. El tiempo aún no había acabado su labor. Y, además, su historia había sido la más importante, al fin y al cabo. Era la única persona con la que de veras se había imaginado compartiendo toda su vida, la única con la que había visualizado cómo serían sus hijos y qué tipo de hipoteca les convendría. Aquella vez, el batacazo había sido duro y el duelo lo sería aún más, por mucho que Venanson, Julien y todas las historias que la mantenían entretenida fueran de ayuda. Por suerte o por desgracia, no había novedades en su perfil. «Ojos que no ven, corazón que no siente», de acuerdo, pero nadie habla de la mente que sí imagina, y que a veces es mucho peor.

Analizado el panorama, decidió seguir fiel a sus principios iniciales y borrarse otra vez el Instagram. Después fijó de nuevo la atención en su búsqueda de actividades infantiles, mucho más emocionante.

Sacó la libreta y apuntó unas cuantas ideas, pero en seguida se aburrió y desmotivó, pensando que Camélia, al menos por lo que ella había podido comprobar, no parecía una niña que se estimulara con ese tipo de actividades. Añoró tener una amiga con quien poder comentar la jugada. Bueno, aquella y todas. Tener a Lara por teléfono estaba bien, pero era evidente que no era lo mismo. Pensó en escribir un diario. No lo había hecho nunca, pero, siempre que conocía a alguien que se desahogaba de aquella manera, sentía admiración y un poco de envidia por ser capaz de ello. No era casualidad que todo el mundo coincidiera en que escribir era terapéutico. ¿Que el *running* supuestamente también lo era y a ella no le servía para absolutamente nada más que para odiar la vida? Afirmativo. Pero, en lo que al *running* se refiere, no le parecía que hubiera tanto consenso, y tampoco perdía nada intentándolo. Pensó que sería más romántico escribir a mano, así que subió a la habitación a buscar un cuaderno. Por fin su debilidad por las libretas bonitas empezaba a parecer justificada.

Hacía muy buen día, pero el edredón y el colchón la llamaban, así que se instaló en la cama. Puso sus datos personales con una letra ligada horrorosa —había llovido mucho desde la última vez que había escrito a mano— y luego hizo como en las películas e inició la escritura con un triste «Querido diario». Lo tachó con un garabato. Pensó que sería mejor empezar sin anestesia y con más intriga, con un «No habría imaginado nunca que estaría aquí y ahora». Y el resto fluyó. El primer asalto fue liberador e interesante.

Y todo apuntaba a que el segundo también lo sería. Era martes, su primer día cuidando a Camélia. Mélanie le había enviado un mensaje por la mañana para pedirle que fuera a las siete, si le iba bien. Querían ir a un concierto en Niza y así Sofia le podía dar la cena, que estaba lista en la nevera, y acostarla. Le dijo que no volverían más tarde de las once. Ella lo aceptó porque, en realidad, todo le iba bien. Incluso pensó que, como estarían ocupadas comiendo y yendo a dormir, sería mucho más sencillo y pasaría más deprisa. Error de ignorante.

Sofia llegó puntual y, tras alucinar con la casa donde vivían —casa de montaña clásica, de madera, con chimenea, decorada con un gusto exquisito, con techos altos, muebles de diseño y una cocina americana a la altura de sus sueños—, Mélanie y Yann se marcharon y comenzó el espectáculo. Camélia estaba mirando *Pepa Pig* en la televisión, y Sofia fue a saludarla, pero ella ni se inmutó. No se complicó mucho la vida: echó por el atajo y fue directa a la nevera a sacar la cena. Espinacas con patata. Prometedor. Puso la mesa.

—Camélia, venga, a cenar. —La mirada de odio fue inquietante.

No hubo más respuesta por su parte, no movió ni un pelo. Sofia insistió. Nada. La escena acabó con Sofia agarrándola en brazos hasta el taburete, Camélia berreando y llorando desconsoladamente, y los cubiertos y las espinacas por el suelo.

Obviamente, no consiguió que comiera espinacas, pero sí logró al menos que comiera unas lonchas de mozzarella y tomate, no sin insistirle antes en que aquello era excepcional y que el próximo día, si había espinacas, habría espinacas. Era su manera de intentar no sentirse tan mal por el hecho de que no llevaba ni una hora cuidando de ella y ya se estaba dejando manipular.

Pero lo que Sofia no sabía era que aún tenía que librar la batalla más divertida. El pijama, los dientes y el pipí fueron sencillos. Meterse en la cama, también. Apagar la luz y cerrar la puerta, más de lo mismo. Pero, mientras subía las escaleras hasta el comedor, de puntillas para no hacer crujir la madera, ya oyó el primer grito de reclamo. Nunca habían gritado su nombre de una forma tan terriblemente estridente, pensó.

Corrió a ver qué sucedía y, naturalmente, no sucedía nada.

—Quiero un cuento —dijo Camélia.

Sofia obedeció. Se dirigió a la estantería y le recitó los títulos. Eligieron *Peter Pan* y puso todo su empeño en leer de la forma más emocionante e impecable. Y lo debió de hacer tan bien que Camélia le pidió otra historia. Sofia resopló y le propuso un cambio de planes:

—¿Te parece si te canto una canción?

Confiaba plenamente en que las melodías serían más soporíferas que los cuentos. Se esforzó por poner la voz más dulce que pudo y le cantó una canción de *Peter Pan* que de pequeña le había encantado y repetido hasta la saciedad. La cantó una vez: *Aquella estrella de allá, hoy brillará por ti…*

—Vuelve a cantarla. —Sin «por favor» ni «gracias».

Hasta que, a la quinta, Camélia por fin sucumbió, y Sofia se dispuso a salir del cuarto más tensa que nunca, como si en el trayecto de la cama a la puerta le fuera la vida, y admirando a todos los padres y todas las madres del mundo.

Cuando llegó al comedor, se sentía satisfecha. No eran ni las diez, así que recogió el estropicio de espinacas que había por toda la mesa y se sirvió un poco de queso y un vaso de agua.

Apoyada en la isla de la cocina, observó el comedor. Sabía que era de todo menos procedente, pero se sentía tentada a husmear un poco, aunque fuera solo superficialmente. Repasó las estanterías, masticando un trozo de parmesano. Había fotos, muchas fotos. En casi todas salían los tres, con diferentes extras, que supuso que constituían la familia más cercana. Pero lo que más le sorprendió fue que en más de una aparecía también Claire. Tenía un rostro inconfundible. Salía riendo en todas, abrazada a Camélia o jugando con ella. No le costó darse cuenta de que Claire había sido su predecesora como canguro, y no parecía que hubiera pasado mucho tiempo de aquello.

Abandonó el registro y se tumbó en el sofá, que era comodísimo. Estaba agotada. Buscó el mando a distancia, pero vio que estaba demasiado lejos y que se tenía que levantar, así que lo dejó correr. Pero luego se dio cuenta de que se había olvidado el móvil sobre la encimera de la cocina. Y aquello sí que no.

—*Merde* —dijo, resignada a abandonar esa posición tan cómoda.

Aprovechó el viaje para servirse más agua fresca y, mientras bebía, analizó lo que había en la puerta de la nevera. Imanes de muchos lugares del mundo, un menú escolar caducado, dos polaroids de Camélia haciendo muecas, y un pósit. Sofia lo despegó para leerlo bien, pues la caligrafía era terrible. Era una frase de una canción que conocía y que le gustaba mucho: *If I lay here, if I just lay here... would you lie with me and just forget the world?* Y, al final del papelito, una firma: «Dauphin».

CAPÍTULO VEINTIDÓS

Se levantó sobresaltada y empapada de sudor. Le dolía la mandíbula de haber apretado los dientes como una condenada durante toda la noche. Había soñado con Manel. Todo había empezado bien: un reencuentro amistoso y cordial, unas preguntas de rigor, pero todo se había torcido cuando ella le había pedido que la abrazara. «Sofia, eso no», había sido la respuesta. Y luego él había sacado el móvil y le había señalado la foto de fondo de pantalla: Clàudia y Manel comiéndose la boca mientras tomaban una copa en el Mirablau. Y Sofia, rabiosa y frustrada, sin entender todavía qué tenía que ver aquello con el abrazo solicitado, era incapaz de decir nada y solo sonreía, sonreía, asentía y sonreía.

Se volvió a plantear el dilema de siempre: soñar cosas bonitas hacía que el despertar se volviera duro, pero soñar cosas tristes lo tornaba reconfortante. Continuaba sin saber qué prefería.

Bajó a desayunar como cada día, y salió a saludar a Ethan y a Julien, que tomaban el fresco. Hacía días que no veía a Louis, pero prefería no preguntar. Se preparó unas tostadas y se unió a la conversación en marcha. Ethan y Julien callaron y Sofia, de repente, contempló la posibilidad de que no fuera bienvenida.

—Si estáis tratando temas confidenciales, me voy, tranquilos.

Ninguno de los dos dijo nada, pero al final Ethan confesó:

—En realidad, hablábamos de ti. Pero yo ya me iba…

Ethan se levantó y se marchó, no sin antes darle un golpecito en la espalda a Julien, que de pronto parecía incómodo. Sofia sonrió. No entendía mucho lo que estaba pasando, pero sentía una alegría absurda.

—¿Y se puede saber de qué hablabais? ¿Me criticabais o qué?

Julien miró la mesa.

—Me gustaría invitarte a cenar uno de estos días. Si te apetece, claro. —Hizo una pausa—. De eso hablábamos.

Sofia notó que el corazón se le salía del pecho. Sonrió y asintió intentando aparentar tranquilidad, aunque por dentro sentía desencadenarse un ingente festival de reacciones químicas.

—Será un placer —dijo—. Cuando tú quieras, no me hace falta comprobar la agenda para saber que tengo todas las noches libres.

—¿Hoy mismo?

Mon Dieu, ¿qué estaba ocurriendo? ¿De dónde salían aquellas ansias repentinas?

—Hoy mismo, por qué no —dijo, encantada de la vida.

Después se hizo un silencio incómodo, que Julien rompió levantándose de la silla.

—Voy dentro, que tengo trabajo. Y así te dejo acabar de desayunar tranquila. Quedamos a las siete aquí, ¿vale? —Después tuvo la necesidad de aclarar—: No es una cita ni nada, ¿eh? O sea, no lo sé, me hace ilusión enseñarte mi restaurante preferido de Saint Martin, ya sabes —concluyó.

Sofia seguía sonriendo. Asintió, obediente, con un movimiento rápido.

Dejó las tostadas a medias, ya que se le había quitado el hambre. Le apetecía desahogarse y estar a solas con sus pensamientos un rato, así que subió a la habitación a escribir una entrada del diario, que inició dedicándola a Camélia y a la primera noche que habían pasado juntas. Había tenido momentos de sufrimiento, pero ahora, al escribirlo, lo recordaba con una sonrisa. Después vino el turno de Claire. Se imaginó su vida, tan lejos de allí. También escribió sobre Julien, por supuesto, y su sorprendente iniciativa, y sobre los sentimientos de aquellos últimos días, unos que hacía tiempo que no visitaba y de los que ahora parecía quitar las telarañas. Y con mucho gusto.

Después llamó a sus padres. En parte porque, desde que se había enterado del asunto de Anne, sentía un impulso absurdo de demostrarse a ella y al universo que exprimía y agradecía cada segundo que la vida les permitía compartir, pero sobre todo porque, por primera vez en mucho tiempo, los echaba de verdad en falta. Se pusieron al día de forma superficial; Sofia eludió los dramas familiares en los que se estaba viendo sumergida y habló de las excursiones, las lecturas, y la vida en el hotel y en el pueblo. Ellos le dijeron que todo seguía igual, que los fines de semana se escapaban al pueblo y que ansiaban que llegara agosto. Se quedaron un momento en silencio y Sofia rezó para que no le preguntaran por Manel. Y, para su sorpresa, no lo hicieron.

Cuando colgó, pensó que la distancia les estaba sentando de maravilla. La conversación había sido fluida y agradable, sin reproches ni historias raras.

Se imaginó a sus padres conociendo todo aquello. Qué dirían, qué pensarían. O bien les parecería el mejor lugar del mundo y entenderían perfectamente por qué Sofia era feliz, o lo verían como el más inhóspito y desolado e insistirían en que volviera a casa. No habría término medio. ¿Y qué pensarían de Camélia? Aquello no se lo había explicado. Seguro que les parecería lamentable.

Se obligó a poner en pausa sus pensamientos mientras se lavaba la cara. Imaginar y trazar todas las opciones y posibilidades hasta límites enfermizos era su deporte favorito. A veces estaba bien, pero en aquel caso era demasiado absurdo, ya que sus padres no verían nunca nada de todo aquello.

Pero el esfuerzo fue en vano; lo único que consiguió fue trasladarse al siguiente compartimento mental: la cena de aquella noche. No hizo falta más que abrir aquella compuerta para sentir cómo se le removían las vísceras y, como siempre, dedicó un minuto de admiración a la fisiología humana, capaz de generar semejantes reacciones. A continuación, se lanzó de lleno a abordar otros frentes que tampoco podría controlar, pero que era inevitable no intentarlo: cómo iría aquella noche, de qué hablarían, qué pasaría. Y el bucle siguió hasta que terminó de ponerse las cremas y de desenredarse el cabello. Luego se obligó a leer un rato, para descansar de aquel mecanismo recalcitrante o, por decirlo de otra manera, de ella misma.

Las siete llegaron cuando ya parecía que no llegarían nunca. Sofia se había vestido elegante, pero no mucho. Se había maquillado, pero no mucho. Se mostró emocionada bajando por la escalera, pero no mucho.

Julien la esperaba abajo, tan puntual como siempre, y en ese momento, mientras descendía los peldaños, le pareció la persona más atractiva del mundo. Él sonreía, mirándola. Le brillaban los ojos. Sofia sabía que recordaría aquel preciso y exacto momento enésimas veces en el futuro.

El trayecto con el coche hasta el restaurante fue regular. Los nervios se los estaban comiendo vivos. Nada había cambiado entre ellos, pero al mismo tiempo algo sí lo había hecho, y quedaba patente en el diálogo sin sentido que estaban manteniendo. Sofia optó, para variar, por encender la radio.

Con un poco de suerte, sonaría una canción de las que la empoderaban, y la adrenalina que le correría por las venas le daría un poco de tregua. Pero nada más lejos de la realidad. Sonaba una canción totalmente indiferente.

—¿Qué música te gusta? —le preguntó a Julien.

Se le ocurrió que no lo habían hablado nunca, y era una estrategia banal y fácil, adecuada para ese momento. Pero Julien no se mojó mucho:

—Escucho un poco de todo.

Y Sofia, para darle un poco más de recorrido y juego al tema que acababan de abrir, insistió:

—No, va, pero, si tuvieses que escoger a un grupo o artista, ¿cuál dirías?

Julien cambió la emisora de radio.

—No lo sé, pero este te aseguro que no... —Hizo una pausa pensativa—. Quizá diría Foo Fighters. O Coldplay. ¿Y tú?

Sofia, una básica de manual en la gran mayoría de asuntos de la vida, también había pensado en decir Coldplay.

—Ahora pensarás que me lo invento para quedar bien, pero yo también diría que Coldplay.

Julien sonrió, negando con la cabeza.

—¿Los has visto alguna vez en directo? Yo sí. Espectacular —añadió Sofia.

—Qué suerte. ¿Ves? Creo que es lo que menos me gusta de vivir tan aislado. Que tienes un acceso limitado a ciertas cosas.

Poco después, Julien aparcó y Sofia vio por la ventanilla del coche el nombre del restaurante escogido: *La Colmiane*, un asador. Bien.

El *maître* los acompañó hasta su mesa y les entregó las cartas. El restaurante pretendía ser una típica casa alpina, con madera por doquier y un ambiente cálido. A pesar de ser entre semana, estaba abarrotado.

—Otra cosa que no me gusta de vivir aquí —dijo Julien, tapándose la cara con el menú— es que vayas donde vayas te encuentras con gente conocida. Y te observan, y hablan. Quizá deberíamos haber ido a cenar a Niza.

Sofia supuso que había visto a alguien que no quería ver y temía que aquello decidiera el rumbo de la cena. Optó por el humor:

—¡Pues que hablen! Total, ¿qué dirán, que has conquistado a la pobre barcelonesa recién llegada? Podría ser peor.

Julien la miró por encima de la carta, sonriendo.

—¿Así que te he conquistado?

Sofia se sentía satisfecha. El comentario había llevado la conversación hacia el terreno esperado y deseado.

—Era solo un ejemplo —replicó, también sonriendo.

Sofia pidió un filete al punto con patatas —no sin antes comentarle a Julien que no había entendido nunca a la gente que se pedía ensalada como guarnición en un restaurante— y él optó por un entrecot con salsa roquefort. El servicio era sorprendentemente amable y eficiente. Quizá aquel era uno de los hechos que más le sorprendían de ese país: encontrar a alguien realmente amable que le llamara la atención y mereciera ser tenido en cuenta.

Julien también pidió vino tinto y a Sofia le pareció bien. Aparte de que cada vez lo disfrutaba más, hay situaciones que a menudo requieren cierta cantidad de alcohol en vena, pensó. Decidió proponer un brindis:

—Brindo por haber aceptado aquella oferta en LinkedIn —dijo.

Chocaron las copas y Julien añadió:

—Brindo porque, aunque me da rabia reconocerlo, al final le tendré que dar la razón a Ethan. No fue tan mala idea el anuncio. Y esta cena tampoco. Él me dio el empujoncito que me faltaba —aclaró.

En seguida les trajeron la comida y en seguida también entablaron una conversación distraída, digna de primera cita, sobre sus gustos y manías. Julien no tardó en querer más detalles sobre ella y su pasado, y Sofia le dijo que, de acuerdo, siempre y cuando él hiciera después el relevo correspondiente. La primera pregunta fue clara: por qué había huido de Barcelona.

—Yo solo sé que te fuiste porque te quedaste sin trabajo y sin pareja… pero quiero la historia completa.

—Vale, aunque no hay mucho que añadir: casi de la noche a la mañana, mi vida se vino abajo, fin. Todo lo que ya había asumido como estable y definitivo desapareció. Y no soy de las que escapan cuando pintan bastos, pero esta vez sentí que era la mejor opción. —Tocó la copa con los dedos, con la mirada perdida en el vino—. Confieso que al principio aquí me sentía desubicada. Pensé que me había equivocado. Pero ahora estoy bien.

Miró a Julien, que tenía una expresión serena y pensativa.

—Sé que el inicio fue fatal y me sabe mal —replicó él—. Ethan casi nos impuso tu llegada, que coincidió con una recaída de mi madre, y no logramos llevarlo bien. Tampoco diré que habríamos sido las personas más simpáticas y abiertas del mundo en otras circunstancias, está claro, pero mejor que aquello, quiero pensar que sí. En cualquier caso, ahora estamos aquí. Y estoy contento. Hacía tiempo que no me sentía así con alguien. —Se llevó un trozo de entrecot a la boca, lo masticó con ganas y continuó—: El hecho de que no nos conociéramos antes, que seas externa a todo, es de gran ayuda. Me permites desconectar. Y creo que eres el único en todo el valle que me lo permite ahora mismo.

—Hago lo que puedo. Puedes contar conmigo para todo lo que quieras, ya lo sabes, Julien.

—Gracias. —Silencio—. Te envidio, ¿sabes? Ojalá pudiera yo también salir de aquí. Irme a Niza a estudiar cocina. Puede que algún día.

—Ya, es complicado.

—Ahora lo es mucho, sí.

Sofia sintió que Julien no solo estaba cumpliendo el trato de hablar de él, sino que además tenía ganas de hacerlo. Decidió preguntar por Claire.

—¿Y Claire? ¿Cómo vive todo esto desde la distancia?

Julien tragó saliva y dijo, contundente:

—Claire no sabe nada.

Sofia puso los ojos como platos. No lo pudo disimular.

—No tienes por qué explicármelo, pero… ¿a qué te refieres?

—Es largo y complicado. Pero el caso es que Claire… bueno, Claire ha querido ir por libre toda la vida. Y aquí, en el culo del mundo, se sentía asfixiada. Sobre todo, por culpa de mis padres, que siempre querían saber qué hacía, dónde lo hacía, con quién lo hacía y por qué lo hacía. Mi madre más que nadie. Tiene ideas muy anticuadas y chocaban mucho. Y por eso, de la noche a la mañana, se marchó a la otra punta del mundo. Mis padres se enfadaron mucho. Fue una gran decepción para ellos —dijo, dando un buen trago de vino a continuación—. Así que esta es la situación ahora: han pasado casi cuatro años y no se hablan. Ni siquiera muestran interés por saber cómo están. Por eso no sabe nada. Mi madre no quiere que lo sepa y lo tengo que respetar.

—Pues qué lástima... Pero ¿y el resto del pueblo? Puede que alguien se lo haya explicado, ¿no crees?

—Claire ha perdido todo contacto con la gente de aquí. De todas maneras, del pueblo lo saben personas contadas. Anne lo prefiere así.

—Vaya... Ya veo. ¿Y tú? ¿Qué relación tienes con ella, con Claire? —Sofia recordó el fondo de pantalla del móvil.

—Yo me llevo bien. La echo mucho de menos. Nos llamamos de tanto en tanto. Pero cada vez menos. No sabes el esfuerzo que me supone tener que fingir que no pasa nada cuando hablo con ella.

—Qué mierda de situación. Lo lamento.

—Viva la vida adulta —dijo Julien, arqueando una ceja.

—¿Y no piensas que, en el fondo, a tu madre le gustaría hacer las paces con ella antes de... marcharse?

—No. Es la persona más orgullosa que conozco. O le encantas, o te odia. No hay término medio.

—Ya, pero es su hija... —dijo Sofia, pensando que realmente la imagen que se había creado de Anne el día que la había conocido no encajaba nada con lo que ahora estaba escuchando.

—Créeme que me lo ha dejado bien claro. No quiere que le diga nada de nada.

En una de las mesas comenzaron a entonar la canción de cumpleaños y todo el comedor se puso a aplaudir y a chillar. Sofia respiró aliviada. Era hora de cambiar de tema. De olvidar por un rato la angustia. Julien pareció estar de acuerdo:

—¿Pedimos postres? —propuso sonriendo.

Junto con una *tarte au citron* para compartir, les sirvieron un licor de castañas, cortesía de la casa, que aceptaron con mucho gusto. Se bebieron el primer sorbo de un trago y los dos coincidieron en que estaba bastante bueno y pidieron otra ronda. Y aun una tercera. Sofia, de alguna manera, lo hacía para mitigar los nervios, para preparar el terreno por si en breve llegaba un momento decisivo. Tenía la esperanza de que Julien estuviera siguiendo la misma estrategia. Pero quizá fuera simplemente un amante del licor de castañas.

Julien se levantó para pagar y Sofia fue al lavabo. Se miró en el espejo: todo seguía en su sitio. Sacó un chicle de menta de la bolsa, lo masticó unas cuantas veces y lo escupió en la basura. Después se enjuagó la boca, sintiéndose ridícula. Devolvió la mirada al espejo y se dedicó una sonrisa tranquila: ¿cómo demonios había llegado hasta aquí?

—¿Te parece si damos una vuelta por aquí antes de regresar al Bellavista? Así bajamos la cena y el alcohol —propuso Sofia nada más salir del restaurante.

Tenía la piel de gallina por el frío de la noche, pero había prioridades claras. Julien aceptó encantado. Pasearon por las calles del centro sin hablar mucho; estaban llenas de gente, tal y como Sofia había imaginado en sus excursiones matinales, y se dejaron llevar por todos aquellos estímulos. Llegaron hasta la plaza principal, donde, en cambio, no había casi nadie, y allí Sofia le relató la tormenta brutal que la había sorprendido justo en ese punto la primera vez que bajó a Saint Martin. Julien estalló en carcajadas imaginando la escena y Sofia puso cara de niña enfadada. Julien la abrazó, a modo de broma, fingiendo que la consolaba. Era bastante más alto y corpulento que ella y Sofia, ante aquel gesto, se sintió como en casa. La chaqueta olía a piel y notaba el latido del corazón de Julien. Se quedaron así un rato, sin decir nada, sin osar moverse. Él tenía la garganta apoyada en la cabeza de Sofia y la mano derecha enredada en su cabello. Sofia sonreía feliz bajo la solapa de la chaqueta fina, notando cómo el alcohol la hacía entrar en calor y le enrojecía las mejillas. Había pasado mucho tiempo desde la última vez que había tenido esa sensación de rendición total y absoluta, pensó. No quería que acabara jamás.

En un momento dado, Julien le levantó la barbilla con una determinación inesperada y le dio un beso en la frente. Suave. Y luego, como si nada, en los labios. Suave.

Se apartó y, tras asegurarse de que Sofia sonreía, imitó el gesto y repitió la acción. Una y otra vez. Primero en la frente, después en los labios, mientras Sofia se dejaba llevar.

Levitaba.

CAPÍTULO VEINTITRÉS

Cuando Sofia se despertó aquella mañana, lluviosa para variar, una sola sensación le inundaba el cuerpo: una felicidad descomunal. Decidió que se regodearía en ella; se quedaría remoloneando en la cama sonriendo, revisaría el móvil sonriendo, se cepillaría los dientes sonriendo, se vestiría sonriendo. Y haría todo esto con los *flashes* de la noche anterior yendo y viniendo sin parar, y con el correspondiente nudo en el estómago, el brillo de rigor en los ojos y las arterias latiendo con fuerza.

Y a eso se dedicó un buen rato. A recrearse a gusto.

Más tarde, se espabiló y fue a ver a Ethan. Llamó a la puerta de la habitación contigua, la número cuatro. En seguida oyó su voz grave.

—Pasa.

Sofia tuvo la impresión de que no era bienvenida en ese momento y, fiel a sus traumas de no querer ser un incordio, estuvo tentada de retroceder. Pero él le había dicho que podía pasar, así que se insistió en, al menos, entreabrir la puerta y hacer una primera pregunta para tantear el terreno.

—¿Es un buen momento? Me gustaría hablar contigo.

Ethan estaba en su cama, leyendo. Levantó la vista y resopló. Sofia inició la retirada, pero él la detuvo.

—Perdona, es que está muy emocionante el libro. Pero ya está bien que me distraigas. Así me durará más. Cuando estoy en Venanson, voy a libro por semana casi.

—Entiendo, ya somos dos.

—¿Quieres que te enseñe mis libros? Te puedo dejar tantos como quieras, si te interesa.

Sofia asintió, encantada. Ethan le señaló su «biblioteca».

Tenía todos los libros en un rincón de la habitación, apilados en el suelo, erigiendo un edificio de estabilidad cuestionable pero que casi tocaba el techo. Se puso a leer los lomos. Había de todo: desde clásicos hasta novela romántica, pasando, por supuesto, por novela policíaca.

—Guau. ¡Y yo todo este tiempo sin saber que tenía una biblioteca justo al lado! —dijo Sofia, mientras se decidía por el de arriba de todo para no alterar la arquitectura del montón. Era *A sangre fría*, de Truman Capote.

—De momento me llevo este.

Los dos sonrieron y Sofia se sentó a los pies de la cama. Mientras Ethan iba a buscar una sudadera al armario, ella dio un vistazo rápido al cuarto. Era casi idéntico al suyo. Se fijó en que en las paredes también estaban las marcas huérfanas de los cuadros y detuvo la mirada en la ventana, donde tenía pósits pegados.

—¿Te importa si los miro? —dijo, señalando los cristales.

Ethan se sentó en la cama, a su lado.

—Son las notas de las memorias de Anne. Míralas, si quieres. Pero tengo una letra tan espantosa que dudo que entiendas nada.

Sofia se levantó, satisfecha, y fue hacia los pósits. La foto de Julien dando un beso a Claire volvía a estar allí, muy grande, presidiendo aquel tetris.

—¿Tú qué opinas de la historia de Claire? —dijo Sofia, sin quitarle el ojo de encima a aquel despliegue digno de película—. Por curiosidad —optó por añadir.

En los papelitos había escritos muchos nombres que no conocía, y había muchas subtramas que no entendía a dónde querían llegar o qué decir. Aunque, en el fondo, todo eran anotaciones que no le daban mucha información, le pareció que Ethan estaba haciendo un buen trabajo y no tuvo ninguna duda de que de allí saldría una buena historia.

—¿A qué te refieres?

—¿No te parece triste que Anne muera sin haber hecho las paces con su hija?

De repente, pensó que no sabía hasta qué punto aquello era confidencial o le habría gustado a Julien. Se sentía un poco mal. Pero duró poco. El siguiente pensamiento inevitablemente la llevó a los besos en la plaza. A su cuerpo diminuto bajo la enorme chaqueta de Julien. Al olor del cuero mezclado con el clamor inequívoco del amor que bailaba en su estómago.

Deseaba más.

—Sofia, no sé qué sabes, pero es complicado. Más de lo que parece.

Puso los pies en el suelo.

—Me lo explicó Julien. Gracias por animarlo a invitarme a cenar, por cierto. De hecho, venía a verte para decirte esto.

Ethan asintió, tranquilo, con una sonrisa en el rostro.

—¿Qué tal ayer con él? —dijo Ethan. Sofia se dio cuenta de que estaba sonriendo sin querer—. Bien, ¿no? Os oí llegar contentos. —Sofia sonrió, visiblemente emocionada—. Me alegro por vosotros. Julien es una buena persona con mala suerte.

Sofia pensó cómo la describirían a ella. ¿Era también una buena persona que había tenido mala suerte? ¿Quizá por eso se entendían? Sus duelos y sus penas eran diferentes, estaba claro, pero al fin y al cabo los dos, a su manera, estaban en un momento en el que sus vidas se asentaban sobre cimientos en un estado precario o directamente inexistentes, y había que reconstruir. No estaba segura de que fuera el mejor inicio para una historia —¿dónde podían acabar dos almas perdidas buscando su lugar en el mundo? ¿Quizá más perdidas aún?—, pero no tenía ninguna intención de parar las máquinas y bajar del barco. Ya no tenía sentido intentar retroceder; sentía que había zarpado hacía demasiados días y ya estaba en medio de aquel océano embravecido pero emocionante.

—Ethan, no hace falta que me expliques nada. Solo quiero saber qué opinas tú. No saldrá de aquí, te lo prometo.

Sofia volvió al tema. No se daría por vencida tan fácilmente.

—Yo… siendo objetivo, pienso que, si tuviera una hija y me estuviera muriendo, me gustaría que estuviera a mi lado, sí, claro. Pero Anne no quiere saber nada de ella, y yo no pienso juzgarla porque no es cosa mía.

—¿Habla de eso en las memorias?

—Sofia… déjalo, créeme. No te incumbe.

—Tienes razón. Lo siento.

Sofia volvió a sentarse en la cama, junto a Ethan. Optó por iniciar un tema nuevo:

—¿De dónde eres tú, Ethan? Creo que no te lo he preguntado nunca. En Google dice que eres de Londres. ¿Es verdad?

Él soltó una risa.

—Soy de Otford. Un pueblo cerca de Londres.

—¿Y cómo te ha llevado hasta aquí la vida?

Siguió riendo. Sofia notaba un dejo de vergüenza o de incomodidad en su expresión, como si no disfrutara mucho hablando sobre él.

—Llevo toda la vida veraneando aquí. Desde muy pequeño, pasábamos los julios aquí con mis padres porque teníamos familia. Ellos ya no vienen porque ya no les queda nadie y les da pereza, pero yo sigo siendo fiel a este valle y a su gente. No fallo nunca. Siempre digo que es mi lugar en el mundo.

—No te culpo… Podría ser perfectamente también el mío.

—¿Te da pena tener que volver a Barcelona? ¿O tienes ganas?

A Sofia se le hizo un nudo en la garganta. Pensar en aquello la aterrorizaba.

—No quiero marcharme, Ethan.

—Nadie te obliga a hacerlo —dijo él.

Sofia lo miró, seria.

—Tú mejor que nadie sabes que mi contrato es de dos meses.

—Sofia… ¿de verdad crees que a alguien le importa tu contrato? Puedes pedir que te lo alarguen, si eso es lo que te preocupa.

—No es solo eso… No lo sé. Es que no me puedo quedar aquí para siempre, Ethan. En algún momento tendré que volver y reunirme con lo que dejé allí. Seguir con mi vida, ya sabes. De alguna manera siento que… que esto no es real, ¿sabes?

—Entiendo.

—Ya veré qué hago.

Ethan asintió y Sofia volvió la vista a la ventana atestada de información. Necesitaba pensar en otra cosa o se echaría a llorar. Se levantó para ver el *collage* otra vez.

—¿Mélanie Levallois es Mélanie, la madre de Camélia? —preguntó. Había un pósit con ese nombre—. A veces le hago de canguro, no sé si lo sabías.

—Sí, es ella.

A Sofia le sorprendió que apareciera. En el papel ponía solo su nombre, escrito con rotulador rojo.

—¿Qué quiere decir?

—Sofia —suspiró como señal de que aquel tema lo estaba cansando—, no quiere decir nada.

Ethan retomó la lectura y Sofia entendió que la estaba invitando a marcharse.

—Ya me voy. Gracias una vez más, Ethan.

Él sonrió y ella cerró la puerta de la habitación y pensó en ir a llamar a la de Julien. No había sabido nada más de él desde que se habían despedido la noche anterior, tarde, entre risas y besos. A Sofia le habría encantado dormir con él, esa era la verdad, pero Julien no había dado pie a nada más y lo último que había querido Sofia era atosigarlo y estropearlo todo.

Tenía que dejarle su espacio. Respetar sus tempos.

Así que se contuvo y optó por volver a su nube de felicidad particular.

Se desnudó y entró en la ducha. En seguida, el olor a flores del suavizante, la lluvia que caía sobre el bosque frondoso y el agua tibia sobre su piel la llevaron a una galaxia placentera y dulce, libre de cualquier preocupación.

Dilató ese momento porque no tenía ninguna prisa. Allí casi nunca la tenía. La vida era pausada. Y qué gusto. En Barcelona se pasaba el día corriendo de un lado a otro y le parecía inconcebible que aquello cambiara. Pero allí estaba. Y no pasaba nada. Al contrario, pasaba todo.

CAPÍTULO VEINTICUATRO

Emprendió el camino del bosque como si hubiera emprendido aquel camino cada día de su vida. Ya no le daba miedo bajar a Saint Martin; más bien era todo lo contrario: era su momento de paz, de respirar el olor del pino, de ponerse canciones de tarde de domingo lluviosa. Había aprendido a disfrutar de algo que en un primer momento la había aterrorizado. No pudo evitar invocar a Dolors de nuevo y recordar los ejercicios que le pedía semanalmente para sacarla de su zona de confort —desde ir a comprar el pan y pedir expresamente la barra más tostada, hasta dejar a propósito errores ortográficos en sus proyectos—. Ahora se daba cuenta de que sus mensajes habían calado más de lo que ella imaginaba. Era curioso: se sentía mucho más orgullosa de sí misma ahora que, aparentemente, estaba haciendo todo lo contrario de lo que se suponía que el mundo esperaba de ella, de cuando estaba en Barcelona viviendo y haciendo lo que estaba previsto. Quizá porque por primera vez se sentía valiente, quizá porque por primera vez hacía lo que le daba la realísima gana y eso la hacía sentir bien.

Había pasado una semana desde el punto de inflexión con Julien. Todo seguía su curso, pausado, pero avanzando. Habían vuelto a ir a la piscina, al Plain d'Eau, y esta vez, dentro del agua, al apoyar la cabeza y los brazos en el muro, había obtenido lo que deseaba: besos suaves por todo el cuerpo, abrazos húmedos, risas ahogadas.

No habían hablado de lo que sentían y de a dónde iban o qué estaban haciendo; de momento se conformaban con estar bien juntos. Asimismo, había quedado tácitamente entendido que lo más sencillo era que aquel amor ocurriera al margen de miradas indiscretas y sentimientos tristes; se los guardaban para cuando estaban a solas, lejos de Louis, de Ethan, del Bellavista, de los habitantes de Venanson.

Ese día, Sofia había decidido ir a Saint Martin para visitar por tercera vez el supermercado. Se sentía feliz y entusiasmada por montar escenas de película romántica, y había pensado hacer un pícnic en su habitación. Compraría un buen vino y quesos. Y preservativos. Aquella vez sí. Juerga. Estaba tan contenta que no le dio ni vergüenza pasarlos por caja.

Ya de vuelta, tuvo una idea y se pasó el trayecto anotando frases inconexas en el bloc de notas del móvil y, cuando llegó al Bellavista, se puso a prepararlo todo. Mientras colocaba almohadas y mantas en el suelo, Manel y la vida barcelonesa visitaron fugazmente su cabeza de manera inevitable, y de repente se vio en el piso que habían compartido, haciendo exactamente lo mismo que estaba haciendo ahora, para celebrar uno de sus cumpleaños. La espiral de recuerdos continuó por pura inercia y luego se vio en el sofá; él haciéndole masajes en los pies después de un duro día de trabajo, y ella hablándole de las idas de olla de Lara, de cómo había subido el precio de los huevos y la leche, y confesándole que tenía ganas de hacer una escapada a Roma en primavera. Se vio en la habitación, en la cama, después de cenar ensalada y tortilla a la francesa y de ver un capítulo de una serie, observando a Manel hojear la novela histórica del momento y hacer su mirada diaria de rigor a la persiana para comprobar que no quedara ninguna lámina por bajar que le pudiera perturbar el sueño. Se vio a sí misma con la mente tranquila, con la seguridad de que aquello era infinitamente estable, que no valía la pena guardar un sitio en la imaginación para considerar el hecho de que, como todo en la vida, algún día podía acabar. Ahora sentía lastima por aquella Sofia, que se había enfrentado a un giro de guion que la había placado. Pero, al mismo tiempo, sabía que esa misma Sofia la había llevado hasta allí, hasta aquella nueva vida, hasta volver a montar un pícnic romántico en unas circunstancias bastante diferentes, pero con la misma ilusión que entonces. Allí no solo estaba aprendiendo a disfrutar de la soledad y de la vida pausada, sino que también estaba entendiendo y encajando su carácter y su pasado; y practicando nuevas maneras de querer y de actuar.

Hacía unas horas, le había pasado a Julien una nota por debajo de la puerta —«Hoy, a las 19, habitación número cinco»—, y él había aparecido como un clavo. Julien no era la persona más extrovertida del mundo, pero el *chill out* improvisado, las velas, la tabla de quesos y la botella de vino surtieron el efecto esperado. Y lo que venía después, también:

—Tengo una sorpresa. —Julien estaba tenso, quizá cohibido por si se había vuelto loca y se le ocurría hacer un *striptease*; Sofia reía, ordenador en mano—. ¿Listo?

Las notas que había hecho en el móvil de vuelta, tras unas cuantas horas de trabajo, se habían convertido en lo que ahora mismo le estaba enseñando: unos *renders* donde Sofia recreaba un Bellavista nuevo, vivo. Había mantenido algunos elementos rústicos, pero le había dado la vuelta a todo lo demás, y en las imágenes parecía un hotel de montaña de revista, pero, por encima de todo, irresistiblemente acogedor. Julien no decía nada. Por unos segundos Sofia temió haberla cagado, pero en seguida se dio cuenta de que lo único que pasaba era que estaba emocionado.

—Sofia... esto es increíble. De veras.

—¿Sabes? Este lugar me inspira. Hacía tiempo que no disfrutaba tanto haciendo mi trabajo.

—Me encanta escuchar eso. Y es realmente bonito lo que me enseñas. Y te estoy muy agradecido. Pero me temo que no hay ganas ni dinero...

Sofia, que ya esperaba aquella respuesta, contraatacó:

—Ganas yo creo que sí hay, en el fondo. Y por el tema económico... no sería tan caro como tú crees si lo hiciéramos todo nosotros.

Julien sonreía y negaba con la cabeza.

—No pararás hasta que lo consigas, ¿no?

Sofia asintió y Julien le acarició la mejilla y la besó en los labios, como para hacerla callar.

—De acuerdo, pensaré en ello. Te lo prometo.

Para Sofia, aquello ya era una victoria y se dio por satisfecha. Primer asalto.

Poco después, Sofia ya notaba los efectos del vino; le ardían las mejillas y todo lo encontraba gracioso y excitante. Aunque intentaba no poner las cartas boca arriba, las ganas fervientes de desnudar aquel cuerpo se evidenciaban cada vez más segundo a segundo. Ambos llevaban un rato tumbados de lado sobre los cojines y las mantas, y ya no quería —ni creía que pudiera tampoco— esperar más a conquistar aquel territorio inexplorado.

Decidió desabrocharse los primeros botones de la camisa beige de lino. Después, sin mirarlo, como si sus movimientos solo obedecieran a un golpe de calor repentino en aquella habitación, continuó su incursión particular y ahora se había sacado del todo la camisa. A continuación, el sujetador.

—Sofia…

—¿Qué…?

—No sé si es buena idea…

Julien jadeando; ella sintiendo cómo poco a poco conseguía apoderarse de él. Ahora el botón del pantalón, también de lino. Julien en silencio, visiblemente excitado; ella degustando la victoria.

—¿Cómo puede no ser esto una buena idea?

Y, por fin, el punto de no retorno. El cruce de la frontera, el abandono de cualquier vestigio posible de racionalidad, la inflexión: Julien sacándose la camiseta básica blanca y girando el cuerpo hasta quedarse frente a frente con ella, inspirando el mismo oxígeno y espirando el mismo deseo. Y luego: los suaves mordiscos en la oreja, el tacto de las pieles pálidas y lisas, las piernas enroscadas, el pelo enredado, las lenguas expeditivas, la vergüenza desterrada, las miradas cómplices y fogosas, el placer brutal e incandescente, los sentidos extraviados en universos paralelos: el sabor a miel, el centelleo continuo e infinito de estrellas diminutas, el olor a flores, la piel hirviente.

Y, finalmente, la rendición.

Se quedaron tumbados de lado mirando al techo. Los dos sonreían. Estuvieron en silencio durante un rato. ¿En qué debía de estar pensando Julien? Sofia no lo sabía. Solo sabía lo que pensaba ella: que era feliz.

Pero, como suele pasar en la vida, aquel sentimiento no duró mucho.

Se incorporó un poco para ponerse las braguitas y la camiseta. Julien seguía tumbado, le acariciaba el brazo. Sofia se giró para mirarlo, sonriendo, pero se encontró con un rostro melancólico.

—¿Qué pasa, Julien?

—Ya te he dicho que no sabía si era una buena idea.

—No te entiendo. ¿No estás bien?

Él asentía lentamente.

—Sí, demasiado bien. Ese es el problema.

—No veo yo dónde está el problema... —dijo Sofia, confundida.

Se quedaron en silencio. Julien continuaba con aquella mirada taciturna, mientras Sofia le acariciaba la mejilla, buscando una charla de reconciliación...

—Antes, cuando te he dicho que no había ganas ni dinero para hacer la remodelación, he obviado otra cosa que tampoco tenemos: tiempo. Ni para que nos hagas la remodelación. Ni para estar juntos —dijo Julien, decepcionado con el mundo.

Sofia se estremeció. Ella también era consciente de ello, naturalmente, pero hasta ahora había reducido aquella evidencia a una voz impertinente, aunque tolerable, en su cabeza. A un problema de la Sofia del futuro.

—Lo sé perfectamente. Pero, entonces, ¿qué se supone que tenemos que hacer? ¿No permitirnos vivir esto? Yo... yo ni quiero ni puedo, Julien.

Él no parecía tenerlo tan claro.

—Yo tampoco quiero.

—Pero sí puedes. ¿Cierto? No darle importancia, y ya está.

—Estoy cansado de estar triste, Sofia. De sufrir. No quiero complicarme aún más la vida.

Sofia tenía ganas de llorar. Sentía pena y rabia.

—Pues ya lo podrías haber pensado antes, ¿no? —Fue todo lo que consiguió decir.

Sofia pensaba en *la piscina*. En lo que le había costado zambullirse. Sabía que no sería fácil. Sabía que aquello podía pasar. Pero saberlo no tiene nada que ver con vivirlo.

—Lo he pensado desde el primer día que te vi. Pero no he sabido evitarlo. Hacía tanto tiempo que no me sentía así con alguien... que ha sido imposible encontrar fuerzas para decirte que no.

Ella se llevó las manos a las sienes y cerró los ojos. En parte, le encantaba oír aquello, pero al mismo tiempo era tan decepcionante.

—¿Y ahora que ya hemos follado sí las has encontrado? ¿En algún momento te has parado a pensar en cómo me sentiría yo?

Julien puso los ojos en blanco.

—Estás siendo injusta. Sabes que no tiene nada que ver con eso.

—¿Injusta? ¿¿¿Yo???

—Creo que tenemos que frenar antes de que sea demasiado tarde, es todo. Por el bien de ambos —dijo enfatizando la última frase.

Sofia no dijo nada.

—He de centrarme en mi madre. En cuidarla —añadió él, como si pretendiera excusarse.

Sofia se levantó del suelo y se terminó de vestir.

—Y ahora me dirás aquello de «pero podemos ser amigos», ¿no? —dijo ella.

—Es que podemos serlo, sí.

—Pues, si es eso lo que de verdad piensas —dijo mientras se abrochaba los pantalones—, creo que será mejor que te vayas, Julien.

—¿Crees que todo esto es fácil para mí?

—Vete.

Y eso hizo.

Sofia se echó a llorar justo después del portazo. Ojalá hubiera tenido en ese momento un botón para solicitar parada y bajar del mundo por un instante.

CAPÍTULO VEINTICINCO

Se despertó con el sonido de un mensaje. Corrió a alcanzar el móvil; deseaba con todas sus fuerzas que fuera Julien diciéndole que lamentaba cómo había terminado la noche anterior y que quería solucionarlo… Pero no. Era Victor. Le proponía que se vieran, asegurándole que no se arrepentiría. Lo cierto era que le daba más bien pereza; en su cabeza solo había sitio para Julien y para el trágico giro de los acontecimientos que había tenido lugar más pronto de lo previsto. Pero por qué no. Distraerse. Salir del bucle. Un rato de desconexión le iría bien.

Quedaron delante del Bellavista. Sofia lo esperaba en una de las sillas blancas de plástico, inquieta. No tenía claro si quería que Julien la viera irse con Victor o no. Afortunadamente, Victor no tardó demasiado y pudo dejar a un lado aquel pensamiento.

Sofia subió al asiento del copiloto.

—¿A dónde vamos? Me das miedo…

Victor rio, mientras se hacía el ofendido:

—Sin mí no habrías ido a Niza, te lo recuerdo… Lo que vivirás a continuación es otra actividad imprescindible que te habrías perdido si yo no estuviera aquí para ponerle remedio.

Sofia levantó las manos en señal de rendición, mientras pensaba que le gustaba el ímpetu que mostraba siempre Victor.

—No está muy lejos —dijo él—. ¿Te suena el pueblo de Lantosque?

Sofia meditó unos segundos.

—¿Puede que pasáramos de camino a Niza?

Victor asintió y le reconoció que era observadora.

—¿Y qué hay allí?

La respuesta se hizo esperar poco más de veinte minutos, que transcurrieron entre bromas y una conversación vacía. Una pancarta gigante lo anunciaba en la entrada del pueblo: «Campeonato de petanca del valle del Vésubie, del 5 al 7 de agosto».

—¿Es una broma? —dijo Sofia, soltando una carcajada.

—Claro que no, ya lo verás, ¡alucinarás!

Los aparcamientos habilitados estaban llenos y tuvieron que buscar una alternativa en las afueras del pueblo. De camino a la plaza, se unieron a un torrente de gente que iba en la misma dirección. El bullicio era realmente impresionante; teniendo en cuenta los pocos habitantes de aquel valle, todo apuntaba a que era uno de los acontecimientos que todo el mundo tenía marcado en el calendario.

Una multitud llenaba la plaza cuando por fin llegaron y trataron de hacerse un lugar entre el alboroto y la euforia. En el centro había cinco pistas de petanca, inmaculadas, y justo en uno de los extremos, los equipos de cada pueblo, vestidos con sus uniformes y charlando antes de comenzar el torneo. Todo el mundo llevaba una cerveza en la mano y mucha excitación encima, y, para estar a la altura de las circunstancias, Victor y Sofia fueron a buscar provisiones. Mientras estaban en la barra a la espera de que les sirvieran, Victor saludó a casi cada persona que se cruzaba, mientras Sofia disimulaba a sus espaldas haciendo gestos tímidos y pensaba en Julien. ¿Estaría allí también? ¿Y si se lo encontraban?

De repente, se agobió. Niza había sido un oasis en aquel sentido; había podido desconectar de esa sensación de que todo el mundo te conoce, te mira y se pregunta qué haces, a dónde vas y con quién vas. Pero aquello era otra historia. Mientras que Victor parecía orgulloso de estar con Sofia, ella habría preferido haber tenido más información antes de aceptar la invitación.

Pero el agobio pasó rápidamente. En aquel mar de cerveza, de música y de alegría, era difícil estar de mal humor. El torneo no tardó en empezar y, como si hubieran pulsado el botón de «pausa», todo el mundo calló de repente.

—La petanca requiere concentración, y aquí nos lo tomamos muy seriamente, ya lo ves —dijo Victor, en voz baja, mientras los participantes se ponían en posición.

Acto seguido, le explicó la dinámica del deporte y de aquel torneo en concreto, que era cualquier cosa menos oficial, pero era una tradición de hacía muchos años, esperada y respetada por todos. Sofia se perdió un poco en las explicaciones, pero le quedó claro que el equipo de Venanson era el de color rojo, y reunió todas sus energías positivas para que ganara, sintiéndose por primera vez una habitante más del pueblo. Victor iba con el equipo azul, el de Saint Martin, que saltaba a la vista que eran notablemente mejores.

—¿Estás segura de que quieres quedarte en el equipo de los perdedores? Todavía estás a tiempo de cambiar, yo no diré nada —dijo Victor para chincharla.

—Jamás de los jamases, gracias. Venanson hasta el final.

Se miraron y rieron. Después se quedaron de lado, en silencio, observando lo que pasaba en el campo de batalla. Julien volvió en seguida a sus pensamientos. A pesar del desenlace desafortunado de la noche anterior, ahora, en frío, quería arreglar las cosas con él. Ella ya había decidido que se tiraría a aquella piscina. No dejaría de nadar tan fácilmente. Pensó en enviarle un mensaje, pero decidió aguantar. Antes, tenía ganas de explicarle a Victor las novedades agridulces.

—Por cierto, tenías razón —dijo ella murmurando; todo el mundo estaba en silencio, concentrado. Se le escapó una sonrisa triste.

—Ah, ¿sí? ¿Con qué?

Los dos seguían mirando al frente.

—Pues… Julien y yo… ya sabes. —No sabía cómo explicarlo, se dio cuenta de que se estaba ruborizando.

Victor giró la cabeza y, con una mirada convencida y con una sonrisa sincera, le dijo que se alegraba mucho.

—No cantes victoria… ya te dije que no creía que saliera bien. Tiene miedo. Dice que no quiere sufrir y yo… yo no sé qué hacer.

—Vaya, ya veo. Me sabe mal. Julien… es muy Julien cuando quiere.

—Ya. Me comentó que él y tú antes erais amigos —recordó entonces Sofia—. ¿Cómo os distanciasteis? ¿Os cambiaron sencillamente de clase cuando erais adolescentes?

—Me encantaría decirte que fue porque nos cambiaron de clase.

Sofia levantó las cejas.

—¿Qué fue, pues?

—Es una historia complicada…

—Me da la sensación de que todas las historias aquí lo son mucho.

Silencio.

—Pues… la verdad es que nos distanciamos por su hermana. Claire. No sé si te han hablado de ella —dijo Victor de repente. Sofia asintió, sorprendida de que Claire volviera a aparecer.

—¿Por Claire? ¿A qué te refieres?

—Julien y yo éramos íntimos de pequeños y, como Claire raramente se separaba de su hermano, los tres formamos un vínculo especial. —Victor continuaba hablando en voz baja y Sofia se esforzaba por no perderse ningún detalle—. Así fue durante toda la infancia, pero más adelante todo se volvió complicado. Claire y yo nos empezamos a llevar más, a veces quedábamos los dos a solas, y a Julien no le parecía del todo bien... Supongo que era una simple cuestión de celos y de protección... pero algo comenzó a romperse entre nosotros. —Sofia asentía de forma exagerada para hacerle saber que estaba bien atenta—. Todo estalló cuando Claire se marchó de casa y desapareció, hace unos cuatro años. Me había dicho muchas veces que tenía pensado hacerlo, que se sentía ahogada en el Bellavista, pero yo no la creía capaz. Pensaba que hablaba por hablar. El caso es que, mientras todo el mundo la buscaba desesperadamente, yo era el único que tenía contacto con ella y que sabía dónde estaba. Por fidelidad a ella y porque era mayor de edad y tenía derecho a hacer lo que quisiera, al principio no dije nada. Pero, cuando vi que el tema se ponía serio y la policía empezaba a implicarse, decidí hablar. Y, ya lo ves, lo único que conseguí fue perderlos a los dos. Julien, porque se sintió traicionado. Y Claire, por el mismo motivo. Yo estaba enamorado de ella. No se lo dije nunca, pero ella lo sabía porque era evidente. Supongo que pensó que mi miedo a perderla era tan grande que no me atrevería a confesar. Me manipuló, vaya. Yo... yo hice lo que creía mejor en cada momento. Fue muy duro para mí perderlos a ambos a la vez.

Victor suspiró y Sofia pensó qué decir. Aquello la había tomado desprevenida. Observó a Victor, que había detenido la narración. Continuaba con la mirada fija al frente, hacia la petanca, pero era evidente que estaba concentrado en otra cosa. Parecía algo triste.

—Me gustaría mucho recuperar la amistad con Julien, ¿sabes? Lo echo de menos. Y a Claire también, claro. Pero eso ya es más complicado.

—¿Lo has intentado? —preguntó, sintiéndose una ilusa en seguida—. Vamos a ver si lo adivino... A Claire no la conozco, pero a Julien un poco sí... El problema es que él no accede, ¿verdad? —vaticinó Sofia.

—No lo sé. Creo que siente rabia y que, de alguna manera, me culpa de lo que pasó. Él mismo sabe que es injusto, pero supongo que es más fácil que culparse a sí mismo. Sea como fuere, no me quiere en su vida y lo respeto. Al menos, hoy por hoy, tenemos una relación cordial, y eso ya me basta. Más adelante ya veremos —añadió, dando el tema por zanjado—. ¿Te parece si vamos a buscar otra cerveza?

Sofia aceptó y respiró aliviada. Le interesaba mucho aquel tema, pero la había dejado tensa, una emoción claramente nada acorde con el ambiente de ese día festivo. De camino a la barra, volvió a pensar en escribir a Julien. Hizo una fotografía de la plaza y le envió un mensaje, quizá tan desesperado como inapropiado, pero con la verdad por delante: Victor me ha traído. ¿Estás por aquí? ¿Vienes? Te echo de menos. Pero, aunque él lo leyó en seguida, no obtuvo respuesta.

Cuando llegó al Bellavista, todas las luces estaban apagadas. No había nadie.

Mierda.

Aunque la fiesta en Lantosque no había terminado, hacia las ocho de la tarde había solicitado retirada a Victor por sus ansias de tener noticias de Julien, y ahora se sentía estúpida. Porque el hecho de que todas las luces estuvieran apagadas implicaba dos cosas: la primera, que probablemente Julien, Louis y Ethan estaban en el campeonato de petanca; la segunda, que probablemente, pues, tendría que irse a dormir inquieta, sin saber nada de Julien.

Podía esperarlos; encender el hervidor de agua, prepararse un saquito de infusión y subir a hacer compañía a Anne hasta que llegaran. Vete a saber cuándo. Vete a saber en qué estado. Y entonces hacer el paripé: «Oh! ¿Ya estáis aquí? Es que no tenía nada de sueño. La excitación de la petanca, ya sabéis. Qué lástima haber perdido…».

O podía actuar como una persona normal y no ser una agonías que no puede esperar a saber el estado de la situación; subir a la habitación, ponerse el pijama, recogerse el cabello, hacer un pipí, lavarse la cara y los dientes, leer en la cama hasta dormirse y, al día siguiente, en todo caso, comentar la jugada en frío.

Dudó. O fingió que dudaba, cuando menos. Al cabo de un minuto, se estaba dejando caer de nuevo en la silla, apoyando la manzanilla sobre la mesa. Había descartado la opción de visitar a Anne, porque había asumido que muy probablemente a esas horas ya estaría durmiendo, así que se puso una mano en la frente mientras desbloqueaba el móvil y, negando con la cabeza, se rindió al poder del *scroll*.

Le dio un sorbo al té hirviendo y volvió al chat que tenía con Julien. Él había leído el mensaje, pero seguía sin respuesta. Se sentía insegura e inquieta. Volvió a leer su conversación, que no era nada extensa. Casi todo eran cuestiones logísticas, pero también estaba el «Hoy me lo he pasado muy bien contigo, Sofia». Sonrió y, por unos instantes, volvió a ser aquella Sofia que lo había leído al salir de la ducha. Era curioso no poder regresar a los recuerdos, pero sí poder recordar los sentimientos asociados a ellos. Para bien y para mal.

Aquello la hizo pensar en Manel. Mientras ella estaba allí, sentada en una silla hecha polvo de un hotel perdido en medio de la nada, sufriendo por un nuevo amor, ¿qué debía de estar haciendo él? Aunque era lo que tocaba y era lo que quería, no dejaba de parecerle antinatural no saber nada de su vida, después de todo lo que habían compartido. Las rupturas eran un proceso muy extraño. Un duelo, parecido al de una muerte, por personas con las que ya no generarás nuevos recuerdos, pero a las que sí podrás seguir felicitando por su cumpleaños o viendo en fotografías en las redes sociales.

La puerta de cristal chirrió y Sofia aterrizó de nuevo en el Bellavista. Eran poco más de las diez. La manija se movió. Y allí estaban los tres, riendo, distraídos. Ethan entró primero y al verla se sobresaltó.

—¡Hostia, casi me das un infarto! ¿Qué haces aquí a oscuras?

Sonrió y se levantó. Recordó la frase que había ensayado.

—Es que no tenía nada de sueño. La excitación de la petanca, ya sabéis… Además, no es tan tarde.

No continuó. Louis encendió las luces mientras Julien se sacudía los zapatos en el felpudo de la entrada.

—¡Ah! ¿Tú también estabas allí? —dijo Ethan cuando el silencio ya estaba empezando a matarla.

No supo si le estaba tomando el pelo o realmente se lo preguntaba de verdad. Decidió acabar de decir la frase que le faltaba.

—Una lástima haber perdido…

Louis y Julien se limitaban a observar de lejos la conversación, ahora con cara de cansancio y sueño. Ethan los miró y dijo:

—Bien, pues creo que nosotros nos vamos a dormir, que descanses.

Sofia notaba que el corazón se le iba a salir del pecho. Estaban subiendo las escaleras, pero necesitaba hablar con Julien antes de que desapareciera en su habitación y, de momento, la estaba ignorando. Necesitaba saber que todo iba bien. Si no, la noche prometía ser horrible.

—¿Julien, me ayudas un segundo con una cosa?

No se le ocurrió nada mejor.

—¿No lo podemos hacer mañana? —dijo desde la escalera.

—No.

Retrocedió con desgana y se acercó hacia ella.

—Di —dijo con un tono neutro.

—Solo quiero saber si estás bien.

Julien soltó una carcajada, que a Sofia le pareció irónica.

—¿Por qué no debería estarlo?

—No lo sé. No me has contestado al mensaje.

—Lo he visto tarde.

Sofia sabía que era mentira.

—Voy a dormir, si no te sabe mal. Nos vemos mañana —añadió.

Sofia le dedicó una mirada afligida, suplicante. En ese momento, le habría dicho que lo amaba. Le habría dicho que no podía soportar más aquello. Le habría rogado que no fuera estúpido; que, ya que tenían la suerte de haberse encontrado, creía que también tenían el deber de disfrutarse. Se habría arrastrado hasta perder toda la dignidad que le quedaba.

Pero Julien ya se había marchado.

CAPÍTULO VEINTISÉIS

—**D**e acuerdo, pero no vale quejarse, ¿eh? Si te cansas, tendrás que aguantar como una campeona, Sofia no te llevará. ¿Verdad que no, Sofia?

No tenía ni idea sobre qué hablaban, pero Sofia negó con la cabeza, rotunda, apoyando a Mélanie. Acababa de cruzar la puerta de los Levallois. Mélanie se ponía los zapatos con más fuerza que maña porque tenía que abrir el restaurante y ya iba tarde. Camélia iba dando saltitos, con la expresión de quien ha hecho una trastada. No había que ser muy listo para adivinar que aquello no pintaba bien, teniendo en cuenta la pereza terrible que le daba tener que aguantar la sobre-excitación de un niño en un día como aquel, con el frente de Julien aún por resolver.

—A Camélia se le ha metido en la cabeza ir de excursión —aclaró Mélanie con las llaves del coche en la mano—. ¿Conoces la ruta de la Vachérie? —No esperó ni a que Sofia contestara—. Bueno, es una ruta sencilla, Camélia la ha hecho muchas veces. Podéis prepararos unos bocadillos y hacerla juntas. ¡Yo me voy! ¡Que os divirtáis! —dijo, lanzando un beso al aire.

Mélanie subió al coche y Sofia agarró a Camélia en brazos.

—¿Así que la señora Camélia quiere ir de excursión hoy? —dijo, mientras cerraba la puerta principal y Camélia asentía como si no hubiera estado tan segura de nada en toda su vida.

Sofia la dejó de nuevo en el suelo, resignada.

—¿Preparamos los bocadillos, pues?

Sofia subió a Camélia a uno de los taburetes de la cocina y sacó el pan del congelador, junto con el jamón dulce y el maravilloso surtido de quesos que nunca faltaba en aquella nevera.

—Tú misma. Háztelo como quieras. Yo iré preparando las cantimploras.

Camélia la miró sorprendida; era una niña consentida y siempre se lo servían todo en bandeja de plata. Pero, si de veras quería ir de excursión, Sofia quería que supiera de primera mano todo lo que implicaba. Lo mejor de todo fue observarla: sacó del cajón el cuchillo que menos cortaba del mundo —porque era el único que le dejaban utilizar y, si había una sola cosa que respetara, era aquella— y empezó a destrozar uno de los quesos. Sofia sonreía y admiraba su cara de concentración desde el fregadero, donde estaba llenando dos cantimploras. Se sentía satisfecha, por una vez, de sentir que influía positivamente en Camélia. Al menos, de acuerdo a sus valores.

—El bocadillo preferido de Claire también era el de jamón dulce y queso —dijo Camélia, cuando ya lo estaba terminando.

A Sofia la tomó desprevenida que hablara de ella.

—¿La echas de menos? —preguntó, mientras pensaba en las fotos del mueble del comedor y el pósit con la frase de la canción pegado en la puerta de la nevera.

—Sí. Pero en ocasiones la veo. —Sofia puso cara de sorpresa; Camélia le aclaró—: Mamá y yo hacemos videollamadas con ella.

—Ah, pues mira qué bien. Seguro que ella también te echa de menos.

Cuando lo tuvieron todo listo, lo guardaron en una mochila que les había dejado preparada Mélanie y salieron de casa. Sofia no iba nada preparada para la ocasión, pero quiso pensar que sería una excursión poco exigente y que no valía la pena pasar por el Bellavista a cambiarse. Pero, al mismo tiempo, se moría de ganas. Ese día no había coincidido con Julien y sentía una necesidad imperiosa de ver su cara y hablar con él.

—¡¡¿¿Vamos??!! —gritó Camélia, impaciente.

—Sí, claro. Pero tú eres la guía. Dime por dónde tenemos que ir.

Camélia dudó un par de segundos y, finalmente, enfiló la calle que quedaba a la derecha. Aquellos dos segundos fueron más que suficientes para que Sofia pensara que quizá Camélia no tenía ni la más remota idea del recorrido de la excursión y que, sencillamente, se estaba haciendo la intrépida. Prefirió asegurar el tiro.

—Un segundo, que miro algo en el móvil.

Buscó «la Vachérie» en Google Maps. Ningún resultado. Debía de ser una ruta inventada por los del pueblo. O por los Levallois, quién sabe. De repente, se vio perdida entre los árboles con una niña de seis años llorando, sin cobertura y sin reservas de agua, y decidió que no, que aquello no pasaría de ninguna de las maneras.

—Camélia, me sabe mal, pero creo que será mejor que lo dejemos para otro día. Le diré a tu madre que nos haga un mapa, ¿te parece? Y lo iremos siguiendo, como si buscáramos un tesoro. Así será más divertido.

Pero no coló. Camélia se puso a alterar la paz de aquel pueblo a base de chillidos, como ella sabía hacer tan bien, y por primera vez a Sofia se le pasó por la cabeza soltarle una bofetada. Se sintió fatal y recurrió a la única opción que le pareció que le quedaba. Y que ya le iba bien.

Fueron hacia la plaza. Sofia abrió la puerta del Bellavista y le dijo a Camélia que se esperara en una de las sillas. Subió hasta la habitación de Julien y llamó a la puerta con cuidado. No tenía ni idea de si estaba allí, si dormía, o cómo se lo tomaría.

Tardó un poco en abrir, pero allí estaban: las facciones que tanto necesitaba ver. Aquella expresión tan suya. Ella sonrió, contundente, porque no lo pudo evitar; él, no tanto.

—¿Te interrumpo en mal momento?

Julien resopló y la invitó a entrar, pero ella negó con la cabeza.

—No he venido a hablar, tengo a Camélia esperándome abajo. Sólo quería preguntarte si tú sabes cuál es la ruta de la Vachérie.

—Sí, sí que lo sé —dijo Julien, frunciendo el ceño.

Sofia respiró un poco aliviada. De momento, la primera parte del plan había salido bien. Julien conocía la ruta. Ahora venía la segunda parte, la más complicada:

—Y, por casualidades de la vida, ¿querrías venir con nosotras a hacerla…? Te dije que, de vez en cuando, cuido a Camélia, ¿no? Pues hoy se ha obsesionado con ir de excursión… pero ninguna de las dos conocemos bien la ruta. La harías muy feliz. Y a mí también. Puede ser divertido, ¿no? Y creo que nos iría bien para poder hablar sobre nosotros.

Julien alzó las cejas. Aquello no lo había visto venir, estaba claro.

—¿Por qué no le dices al imbécil de Victor que te acompañe? —dijo, con una sonrisa teñida de rabia.

Aquello sí que ella no lo había visto venir. Abrió los ojos como platos.

—¿Perdona? ¿Cómo dices? ¿No me jodas que te has enfadado porque fuimos juntos al campeonato de petanca? —dijo lo más calmada posible, intentado rehuir el drama a toda costa y conteniendo la ira—. Ahora resulta que te molesta que me lleve bien con él. Y más después de haberme dicho que tú y yo seamos solo amigos. Es surrealista.

Julien se dio cuenta en seguida de que se había equivocado y quiso retroceder.

—Da igual, déjalo —se apresuró a decir, relajando la expresión—. Soy idiota.

—Ah, vale, genial.

De repente, Camélia gritó su nombre con todas sus fuerzas desde el piso de abajo y Sofia dio un respingo. Había olvidado por unos instantes que estaba allí.

Bajó corriendo a ver qué pasaba. Era solo el gato, Milo, que la había asustado.

—No hace nada, ya verás, acarícialo.

Se agachó para enseñarle cómo lo hacía ella, para demostrarle que era un gato dócil e inofensivo —aunque tenía que darle la razón a Camélia; su aspecto, con el pelaje tan oscuro, no invitaba precisamente a hacerlo. Julien había bajado tras ella, poco a poco, y saludó a Camélia alborotándole el flequillo.

—¿Así que vamos de excursión? —dijo él.

—¿Sofia te ha invitado? —contestó, excitada.

Sofia asintió, con una sonrisa resignada y a la vez satisfecha. Necesitaba aquella mañana con él.

Iniciaron la marcha. Camélia, todavía fresca y motivada, abría camino.

—Es una niña especial —dijo Sofia a Julien para romper el hielo.

No quería volver al «tema». Al menos, no todavía. Antes quería disfrutar de un rato fácil y agradable que le ayudara a recordar a Julien lo bien que estaban cuando estaban juntos.

—Lo es. Claire también lo decía. ¿Sabes que también la cuidaba? —añadió, sonriendo.

—Sí, lo sé, por supuesto. Le gustaba cuidar a Camélia, ¿no?

—Muchísimo. Se pasaba media vida en aquella casa. Tenían un vínculo especial. Con Mélanie también se entendían bien. ¿Has tenido ocasión de conocerla un poco?

—La verdad es que no demasiado. Siempre que nos vemos, tiene prisa por ir al restaurante.

—Yo tampoco la conozco mucho, pero Claire hablaba de ella a menudo. Los consideraba una segunda familia.

—¿Y Yann?

—Pues… entre que trabaja en Niza y que tiene épocas que viaja mucho… nadie lo ve nunca. Pero creo que ellos se sienten cómodos con esta dinámica, así que no hay nada que decir. No soy de juzgar este tipo de cosas. Cada uno tiene sus motivos para hacer lo que hace, ¿no?

Sofia asintió.

—Así es.

A los pocos minutos, Camélia se giró para reclamar agua y se detuvieron un rato a descansar. El camino era sencillo, pero de una belleza abrumadora. La pendiente progresiva que habían dejado atrás los había conducido a un mirador espléndido sobre el valle. Lo mejor de todo era que, por primera vez, la estampa incluía también el pueblo de Venanson. No lo había visto nunca desde aquella perspectiva. Se divisaban perfectamente las tres calles principales; incluso se veía el Bellavista y la casa de los Levallois. Julien lo señaló con el dedo y Camélia no daba crédito a que desde allí se pudiera divisar su comedor.

Retomaron la marcha y poco después llegaron a la cima, que no era nada más que una explanada llena de vacas y mesas de pícnic. Allí sacaron las provisiones y las devoraron a gusto. Después estuvieron un rato tomando el sol, sentados sobre el césped húmedo. Camélia no tardó en dormirse.

—Es su hora de la siesta —susurró Sofia, riendo.

Julien cerró los ojos. Sonrió. Ella también los cerró e imitó el gesto. Unos besos suaves la sorprendieron en seguida recorriéndole el rostro y, naturalmente, se dejó llevar. Parecía que su plan estaba funcionando.

Entonces volvió a abrir los ojos y se encontró con un Julien que la miraba como nunca la había mirado nadie, como si la quisiera más que a nada en el mundo y se hubiera dado cuenta de ello justo entonces. El primer pensamiento que tuvo Sofia fue que ese instante acababa de convertirse en candidato al podio como uno de los mejores momentos de su vida en Venanson.

—¿Así que has cambiado de opinión?

Él solo sonreía.

—No hay quién te entienda, ¿eh…? —dijo ella. Se le escapaba la risa.

—Sofia, es que… no puedo evitar lo inevitable —replicó, fingidamente dramático.

—Ya veo… Ya veo… Solo una condición: este es el último cambio de opinión que se te permite en este tema —dijo, a medio camino entre la broma y la advertencia—. Al menos por un tiempo.

—Hecho.

Le dio un beso suave en la comisura superior del labio como para hacerla callar, mientras Sofia se tumbaba de nuevo sobre el césped y sentía que todo volvía a empezar.

Camélia seguía durmiendo y ellos estaban tranquilos, sobre aquella alfombra verde, mirando al cielo.

—A todo esto... ¿se puede saber qué tienes en contra de Victor? —preguntó ella unos instantes después, con voz calmada.

—¿No te lo ha explicado?

—Sí, pero también quiero tu versión.

—Pues que Claire desapareció y él sabía dónde estaba y no dijo nada. Me mintió.

Sofia pensó unos segundos qué decir.

—¿Y qué habrías hecho tú en su lugar?

—No era fácil, ya lo sé, ¿vale? Supongo que con el tiempo lo he entendido. Pero ha llovido tanto, nos hemos distanciado tanto... que siento que ya no tiene sentido intentar recuperar nuestra amistad. Tampoco creo que llegara a ser nunca lo mismo.

—Pues yo discrepo. Y Victor también. Te echa de menos, ¿lo sabías?

Los dos seguían boca arriba, con la mirada perdida en aquel azul intenso.

—¿Tú crees?

—No lo creo. Lo sé. Tú mismo, pero en parte es gracias a Victor que me animé a abrirme a ti. Está claro que, a pesar de todo, todavía te conoce bastante bien.

Aquello lo sorprendió.

—¿A qué te refieres?

—Pues eso. Que quiere que seas feliz. Que seamos felices. Es todo. Parece que tú eres el único que no lo quiere.

Julien giró entonces la cabeza hacia ella y se la quedó mirando fijamente. Sonreía.

—¿Qué? —dijo ella, riendo.

—Que eres cabezota. Y me encanta.

CAPÍTULO VEINTISIETE

«Quiero que las cosas me afecten menos». Esta había sido la consigna que le había dado a Dolors ya hacía unos cuantos años, en su primer día de terapia, cuando le había preguntado a Sofia por qué había decidido ir a verla. Dolors, ante su respuesta, se había limitado a escribir en su libreta y decir:

—¿Las buenas y las malas? ¿O solo las malas?

Sofia dudó.

—Diría que todo en general, sí.

Había acudido a ella en un momento frágil. Muy frágil. Acababa de finalizar los estudios, estaba de becaria en un estudio de Barcelona, donde, por descontado, el sueldo que recibía a final de mes era en formato de broncas, con el pretexto de que aquello la endurecería y le haría ganar experiencia. Pero solo la había derrumbado. Aquella dinámica carente de refuerzos positivos le había absorbido la autoestima y le había minado las ilusiones de llegar a convertirse en una buena arquitecta. Pero tenía que reconocer que, en el caso de algunos de sus compañeros del estudio, era cierto, aquel despotismo los había espabilado. Y ella quería lo mismo. Ser como ellos. Que las críticas no la afectaran tanto, o lo hicieran de una forma más constructiva. No entendía por qué aquello que la paralizaba era para otros un catalizador.

El problema era que también sucedía lo contrario. Cualquier victoria o felicitación se convertía en una fuente inagotable de felicidad, que le generaba unas ilusiones que, sin excepción, acababan en profundas decepciones. Sobre todo, sentimentales.

Por eso quería sentir menos. Así, en general.

No fueron necesarias muchas sesiones, sin embargo, para entender que, si bien podía trabajar tratando de ubicarse en una gama de grises más estable en según qué situaciones, el blanco y el negro, los extremos, la montaña rusa emocional, la hacían ser quien era, y quizá no fuera cuestión de rehuir lo inevitable, sino de rodearse de personas que se lo pusieran más fácil. Y, entonces, había conocido a Manel y a Carles. Y todo había ido bien. Hasta que había tenido que regresar a la casilla de salida.

Ahora no tenía muy claro dónde estaba. Tenía una nueva vida que la hacía sentirse bien. Pero ¿había avanzado posiciones, saltando de oca en oca, o todo ello era un espejismo con fecha de caducidad que en breve la haría caer en la casilla de la muerte y tendría que volver a empezar?

La única forma de saberlo era jugando.

Y eso era lo que estaba haciendo. Después de la siesta en la Vachérie y del regreso plácido hasta casa —de bajada, la vida es mejor—, Camélia se había empeñado en ir a ver a su madre al restaurante. De haber sido por Sofia, habría sido un hecho totalmente imposible, ya que llegar hasta allí requería conducir, pero Julien y su bondad habían hecho realidad los sueños de Camélia y, de paso, les habían ahorrado un espectáculo infantil a los habitantes de Venanson. Así que, pocos minutos después, allí estaban: Julien conduciendo, Sofia de copiloto y Camélia sentada atrás, inmersa en un juego de adivinanzas tontorrón iniciado por Sofia, rumbo al restaurante *L'ô à la bouche*, ubicado en medio del Parc Alpha, un parque de lobos a pocos kilómetros de

Venanson. Mélanie era la propietaria de ese local al que iban los visitantes de aquella atracción turística tras haberse empapado de conocimiento sobre los lobos y haber comprado *souvenirs* de todo tipo. Por lo que había leído en las reseñas de Google durante el trayecto, el restaurante era de cocina francesa y tenía muy buenas críticas. Lástima que ellos ya habían comido y lo único que iban a hacer era una visita sorpresa, pensó.

No tardaron en llegar, del mismo modo que el entorno no tardó en maravillar una vez más a Sofia. De nuevo, un bosque frondoso e inacabable llenaba el fondo del decorado y, presidiendo la escena, el lago de Boréon, con el restaurante de Mélanie en la punta norte, justo antes de la entrada oficial del parque. Camélia estaba especialmente excitada; no paraba de señalar los detalles de aquel lugar que conocía tan bien —la caseta de una ardilla, la parada de un autobús-lanzadera, unas mesas de pícnic, la bandera francesa ondeando—, mientras Sofia meneaba la cabeza de un lado a otro para no perderse nada.

Aparcaron y fueron directos al restaurante, que era una caseta de madera. Tenía un porche lleno de mesas, ahora vacías, que Mélanie recogía con esmero. Sofia la observaba apilar los platos con destreza y eficiencia. Llevaba la melena rubia recogida en una cola y un delantal color magenta, que ella misma había tendido y doblado unas cuantas veces cuando ayudaba con las coladas en su casa. Se dio cuenta de que era la primera vez que la miraba con detenimiento, y que era realmente atractiva. Camélia fue corriendo a lanzarse a sus brazos y Mélanie, al verla, se sobresaltó, pues el hecho de que estuviera allí podía significar que había pasado algo grave. Pero, al ver los rostros relajados de Julien y Sofia, se tranquilizó.

—Espero que no te sepa mal. Camélia quería venir a verte y Julien ha accedido a acompañarnos —se justificó Sofia—. Este lugar es precioso. Estoy contenta de tener la oportunidad de verlo por fin.

Mélanie sonrió y dijo que estaba contenta de que hubieran venido, aunque Sofia pensó que no lo parecía mucho.

—Ahora mismo os preparo una mesa aquí fuera y saco café.

La emoción de Camélia por ver a su madre se disipó rápidamente, y se dirigió hacia otra caseta de madera más pequeña, donde alquilaban cañas para pescar truchas. El propietario, que ya la conocía, no tardó en dejarle todo el material para que probara suerte. Julien y Sofia la observaban mientras esperaban el café sentados a una de las mesas.

—Es un caso —dijo Sofia.

—Sí lo es —dijo Mélanie, que acababa de llegar por detrás con una bandeja llena de bebida y comida.

Los tres rieron un poco, pero en seguida el ambiente se volvió a enfriar. No sabía qué era, pero había algo que no encajaba. Mélanie dejó la bandeja y se dispuso a marcharse.

—¿Por qué no te quedas un rato con nosotros? —se le ocurrió decir a Sofia.

—Tengo mucho trabajo…

No sabía si insistir, pero le sabía muy mal estar allí sentada mientras ella seguía trabajando.

—Pero descansar cinco minutos no le hará daño a nadie, anda. Después, Julien y yo podemos ayudarte, ¿no? —dijo, buscando la complicidad de ambos.

Mélanie accedió.

—¿Viene mucha gente hasta aquí? —preguntó Sofia, para iniciar algún tema de conversación.

—En temporada de verano, sí. Por suerte, el restaurante se llena cada día. En invierno cerramos, porque a menudo nieva y no se puede acceder, y es cuando me tomo vacaciones.

Hablaba mirando solo a Sofia, como si Julien no estuviera, y con los dedos torturaba un sobre de azúcar moreno.

—Te encantaría el invierno aquí, Sofia —se animó a añadir Julien.

—Seguro que sí.

Sofia se imaginaba en el Bellavista, vestida con ropa polar junto a la chimenea, leyendo al lado de Julien y con la nieve cayendo tras los ventanales. Ojalá.

—Hemos ido a la Vachérie, por cierto —dijo Sofia, cuando se dio cuenta de que el tema anterior no daba para más.

—Qué bien —se limitó a decir Mélanie.

Seguía sin mirar a Julien, y Sofia empezaba a sentirse incómoda, aunque a él no parecía importarle mucho, ya que se lo veía relajado. De alguna manera estaba descolocada; la versión de la Mélanie que había creado a partir de los breves intercambios en su casa cuando se quedaba con Camélia no tenía absolutamente nada que ver con la que ahora estaba conversando con ellos. Quizá fuera tímida, o quizá la habían sorprendido en un mal momento, pero Sofia notaba una tensión extraña en el ambiente.

—Tengo que seguir recogiendo. Pero podéis quedaros aquí —dijo, finalmente.

No habían conseguido retenerla ni tres minutos. Tampoco la culpaba; la conversación no estaba fluyendo.

—¿No la has notado rara? —se apresuró a decir Sofia, cuando Mélanie ya estaba dentro.

—¿A qué te refieres? —Julien, efectivamente, no se había enterado de nada.

—No lo sé. ¿Siempre es así?

Él dijo que no había notado nada fuera de lo común, pero que tampoco la conocía mucho.

—La verdad es que hacía mucho que no coincidíamos, más allá de cruzarnos por la calle —añadió él.

Sofia decidió no insistir más y se rindió. Alargó la mano por encima de la mesa para tomar la de Julien, y con la otra dio un sorbo al café. Corría una brisa agradable que hacía ondear las hojas de los árboles.

—Me encanta escuchar el rumor del bosque —dijo, mientras Julien se encendía un cigarro.

—¿Quieres uno?

Sofia negó con la cabeza.

—¿No dijiste que no me pegaba?

—Era una broma...

—Ya, no sé. Es como que fumaba porque sentía que era el complemento perfecto para la situación que estaba viviendo. Pero ahora ya no lo veo así.

—¿Qué ha cambiado?

—Todo ha cambiado. Mi vida y yo. Pero, sobre todo, yo. ¿Te puedes creer que incluso llevo días dándole vueltas a la idea de volver a conducir? Hacía por lo menos diez años que ni me lo planteaba.

—Bueno, tampoco te culpo... conducir por una ciudad como Barcelona debe de ser horrible. Pero creo que entiendo lo que quieres decir. Y me alegro mucho. Me ofrezco a hacer de copiloto, si te animas. Tienes mi coche a tu completa disposición.

—¿De verdad?

—Claro.

Disfrutaron un rato de aquella paz. Camélia seguía entretenida con el chico de la pesca, Mélanie había desaparecido dentro de la cocina, y los pocos visitantes que quedaban en el parque iban retirándose a sus casas o se hacían las últimas fotos junto al lago. Sofia vio en ese instante de tregua la oportunidad para decir lo que no podía callar:

—Julien, a todo esto… le he estado dando muchas vueltas y sé que no es de mi incumbencia, pero ¿estás seguro de que no deberías hablar con Claire y decirle lo que está pasando? ¿No crees que será peor si no lo haces? Tarde o temprano, lo acabará sabiendo y entonces sí que puede que os odie para siempre.

—Gracias por preocuparte, pero no quiero hablar más de este tema. De verdad. Claire no quiere saber nada de nuestros padres y ellos tampoco quieren saber nada de ella, ya te lo dije. —Sonaba tranquilo, paciente.

Pero Sofia insistió:

—¿Y tú te lo crees de verdad? ¿Tan grave fue lo que pasó? Yo lo que creo es que el problema aquí no es solo el orgullo de tu madre, Julien.

—¿A qué te refieres?

—Creo que, en el fondo, el problema es que ha pasado tanto tiempo que no sabe cómo afrontarlo… y que tiene un miedo terrible a intentar remediarlo y no ser capaz… por eso ni siquiera lo intenta. Un poco como Victor y tú. Hay tanta distancia que parece imposible acortarla. Y no lo es. Y a ella se le acaba el tiempo.

—¿Ahora eres psicóloga…? —bromeó.

—Ahora soy sincera y quiero lo mejor para ti. Para vosotros.

No obtuvo más respuesta que Julien diciéndole que tenía que ir tirando porque había quedado con su padre. La sagrada partida de ajedrez de los jueves, ya sabes.

—Vale —hizo una pausa—. Yo me tengo que quedar, que Mélanie todavía está ocupada y debo hacerme cargo de Camélia. Ya volveré con ellas. Gracias por acompañarnos hoy, por cierto —dijo mientras Julien se disponía a marcharse—. Ha estado muy bien y espero que no te haya sabido mal esto último que te he dicho.

Él asintió y le dio un beso contundente en los labios que Sofia recibió acompañado de una descarga placentera de felicidad y alivio.

Mélanie salió de inmediato a recoger las tazas de café y Sofia se levantó de la silla para ayudarla. El restaurante ya estaba a oscuras y todas las mesas estaban a punto para el servicio del día siguiente. Mélanie se desabrochó el delantal y bajó la persiana.

—¿Vamos a buscar a Camélia y volvemos a casa?

Parecía más relajada, aunque Sofia seguía notando algún signo de incomodidad. Su intuición no le fallaba; se pusieron a caminar una junto a la otra por encima del césped que rodeaba el lago y, antes de llegar a la caseta de pesca, Mélanie aminoró el paso y le hizo una pregunta:

—¿Así que Julien y tú estáis juntos? —dijo, mirando al frente, con una expresión neutra.

Sofia se quedó desconcertada.

—Pues… se podría decir que sí, supongo.

—Me alegro por vosotros —dijo, seca.

Y reanudó la marcha como si nada. Sofia se quedó plantada, viendo cómo se acercaba a Camélia y la levantaba en brazos, mientras ella intentaba entender qué acababa de ocurrir. No lo consiguió. Parecía que aquel descubrimiento la hubiera molestado. ¿Acaso creía que su relación, de algún modo, influiría negativamente en Camélia? ¿Tenía algo en contra de ella? ¿O de él? ¿Estaba celosa de que les fuera bien?

Subieron al coche y Camélia se durmió en seguida. Había sido un día de lo más emocionante. Mélanie encendió la radio y Sofia lo agradeció.

—¿Mañana también necesitarás que me quede con Camélia?

Ya sabía que la respuesta era que no, porque los viernes se quedaba con su abuela, pero necesitaba decir algo para analizar el estado de la atmósfera entre ambas. Mélanie suspiró y Sofia se inquietó. Se imaginó claramente cómo le decía que no era necesario que la cuidara más. Pero, en su lugar, ignoró la pregunta.

—Sofia, lo siento si te he hecho sentir mal antes. Quiero que sepas que no es por ti.

Se quitó un peso de encima, pero la inquietud seguía allí.

—¿Es por Julien, pues? ¿Ha pasado algo que yo no sepa?

—No, no ha pasado nada. —Por como lo dijo, Sofia no se lo creyó—. Es una buena persona —dijo después.

—Con mala suerte —añadió Sofia, recordando e imitando las palabras de Ethan.

Todo resultaba tan extraño, se dijo. Si algo tenía claro era que, antes de su llegada, en aquel pueblo de poco más de cien habitantes habían ocurrido miles de historias que ella no había tenido ocasión de conocer. Así pues, entendía y asumía que, mientras que para ella todo eran relaciones frescas y tiernas, para el resto existía un historial suculento, un entramado complejo del que ella no sabía mucho. O absolutamente nada, como era en ese caso.

—Mélanie, ¿tú sabes que su madre está muy enferma?

Sofia estaba haciendo una mera comprobación. Ya había asumido que la respuesta era negativa.

—¿Anne? No —dijo en seguida, sorprendida y afectada. Apartó unos segundos la mirada de la carretera para contemplar a Sofia—. ¿Qué le pasa?

Sofia no lo dudó:

—Se está muriendo. Es cuestión de semanas —añadió—. O quizá de días.

Mélanie se cubrió la boca con una mano y no dijo nada más. Aparcó en la plaza del Bellavista y Sofia abrió la puerta del coche para bajar. Camélia seguía durmiendo; Mélanie continuaba visiblemente desconcertada.

Mientras se dirigía a la entrada, Sofia pensó en la bomba desesperada que acababa de lanzar como si nada. De repente, fue consciente de que, si su intuición no le fallaba, lo haría saltar todo por los aires. Si no, sería de aquellas que permanecerían en el olvido y que quizá alguien, al cabo de muchos años, hallaría en el fondo del mar. No podía saberlo. No estaba segura de quererlo saber.

CAPÍTULO VEINTIOCHO

Se levantó con un dolor de cabeza horroroso. No eran ni las ocho de la mañana. Últimamente estaba durmiendo menos que nunca. Abrió la ventana de par en par. Aquel aire fresco lo curaba todo. Al menos por unos segundos.

Más tarde, decidió llamar a Lara.

—Pero ¿tú qué? Ya era hora, ¿no? —Se notaba que su amiga estaba contenta. Sofia sonrió, aunque claramente no compartía el nivel de alegría de Lara.

—¡Lo sé, lo sé…! Pero me quieres igual, ¿no?

Lara le dijo que sí, que claro. Sofia hizo un resumen mental de todo lo que tenía pendiente de explicarle y pensó que los titulares no estaban nada mal. Como siempre, sin embargo, dejó que antes hablara ella. De algún modo, aquel era el orden natural establecido.

Le preguntó por su evidente felicidad y Lara le respondió, simple y llanamente, que era una consecuencia directa de que en siete días se iba de vacaciones con Pau a Ítaca. Sofia había oído hablar del lugar, pero lo cierto era que no lo ubicaba en el mapa. Como cabía esperar, Lara se lo vendió como que aquella isla griega era ni más ni menos que el paraíso en la Tierra y Sofia reía imaginando su expresión corporal, de satisfacción y orgullo absolutos. Todo —absolutamente todo— lo que Lara hacía siempre era «lo mejor» —lo más divertido, lo más bonito, lo más exótico, lo más emocionante, lo más increíble—. Nunca —absolutamente nunca— planeaba nada en la vida que resultara decepcionante. Daba la casualidad de que siempre acababa en los mejores restaurantes. Viendo las mejores películas. Contemplando la mejor puesta de sol. Leyendo el mejor libro. Dicho de otra manera: fiarse de sus gustos y recomendaciones era un error. Pero en aquella ocasión reconoció que Ítaca sonaba francamente bien. Por probabilidad, algún día tenía que ser cierto.

No le explicó mucho más: todo seguía la tónica habitual. El calor en Barcelona ya era asfixiante y las calles se habían ido vaciando. El trabajo iba de capa caída a marchas forzadas. Las amigas se iban dispersando por el mundo. Vamos, que era agosto. La vida iba al ralentí.

—¿Y tú qué me cuentas? Hace días que no hablamos… espero que tengas muchas novedades —dijo, haciendo énfasis en «muchas».

—Pues es un gusto poder decirte que hoy no te decepcionaré… agárrate fuerte —dijo Sofia, dispuesta a lanzar el titular sobre Julien y ella.

Algo que le encantaba de Lara era que a menudo se emocionaba más con las alegrías de Sofia que la propia Sofia. Y lo mejor es que eran una alegría y una felicidad genuinas. No había establecido ningún tipo de competitividad entre ellas, quizá porque eran diferentes en todo, quizá porque sencillamente sabían quererse muy bien y celebrar las victorias ajenas sin ningún ápice de envidia. O quizá por ambas cosas.

Los gritos de entusiasmo, por supuesto, no tardaron en hacer acto de presencia.

—No sabes cuánto me alegro, chica… ¡Adiós, muy buenas, Manel!

Sofia todavía no tenía tan claro que fuera un «Adiós, muy buenas, Manel», y quizá habría preferido un «¡Hola, qué tal, Julien!», pero lo que contaba era el intento.

Para variar, su amiga le pidió detalles de absolutamente todo. Le encantaba escuchar historias y hacer millones de preguntas, y Sofia, como estaba realmente ilusionada, aquella vez no puso ninguna objeción y, con mucho gusto, se enzarzó en un discurso extenso. A medida que iba explicando, también iba recordando, y una sensación deliciosa se iba apoderando de su cuerpo.

—Solo me preocupan dos cosas —dijo una vez terminado el discurso alegre y optimista—. La primera es el tiempo, evidentemente. No sé cómo gestionaré la mezcla explosiva de separarme de Julien y —enfatizó en la vocal— volver a Barcelona. Solo de imaginármelo me dan náuseas.

—Sofia… «cruzaremos ese puente cuando lleguemos». No te queda otra opción.

—Sí. Supongo.

Silencio.

—¿Y la segunda?

—La historia de Anne y Claire… No me la saco de la cabeza. —Sofia le resumió la situación—. No entiendo cómo Julien ha podido aceptarlo tan fácilmente. Cómo no lucha para poner remedio a esto antes de que sea demasiado tarde…

—Sus razones tendrán, Sofia. No le des más vueltas.

—Ya. —Silencio—. El problema es que… Lara… creo que quizás he hecho algo que no debería haber hecho.

Sofia respiró hondo.

—¿Qué?

—He dicho algo a alguien que no debería haber dicho. No sé en qué estaba pensando.

—¿El qué?

—Da igual, es complicado.

—Hostia, Sofia... Pero no será tan grave, ¿no? —Sofia no contestó—. En cualquier caso, la única cosa que yo sí sé que no deberías hacer es perder el poco tiempo que te queda. Céntrate en tu historia con Julien... Disfrútala... ¡Y punto!

—Supongo que tienes razón.

No quería continuar con la conversación y colgó con la primera excusa que encontró. No tenía ganas de hacer nada, se sentía fatal. Como si una masa oscura le hubiera nublado la mente. Como si tuviera un chicle pegado a los dedos y no pudiera deshacerse de él. Le quedaban dos semanas allí: aquel era un hecho irrefutable. Quizá sí tenía que limitarse a apurar su felicidad compartida hasta que la vida se la arrebatara a ambos y no pensar en absolutamente nada más. Pero al mismo tiempo...

Llamaron a la puerta. Se asustó.

—¿Sí? ¿Quién es?

—¿Puedo pasar? —La voz grave de Ethan era inconfundible.

Respondió que sí. Al fin y al cabo, tenía ganas de hablar con él.

—¿Estás bien? —preguntó Ethan.

Sofia asintió y lo invitó a sentarse en la cama con ella, pero él decidió sentarse en el banco que había justo bajo la ventana.

—Está a punto de caer una tormenta brutal —añadió él.

Sofia esbozó una débil sonrisa.

—Me encanta —dijo—. ¿Tú cómo estás?

—Bien, Sofia, bien.

Se hizo el silencio y Sofia se cruzó de piernas sobre la cama e inició unos estiramientos sencillos para relajarse. Ethan miraba por la ventana.

—¿Querías decirme algo? ¿O solo me echabas de menos? —dijo Sofia, con los ojos cerrados, mientras estiraba el cuello hacia el lado derecho.

—Me aburría —dijo—. He pensado que podríamos jugar al ajedrez. ¿Te apuntas?

Sofia seguía con las piernas cruzadas y hacía la mariposa. Se frotaba los abductores.

—Claro, aunque siempre pierdo —dijo, mientras se levantaba de la cama, perezosa—. Pero, antes, ¿te puedo hacer una pregunta?

—Dime.

—¿Que Claire se fuera tiene alguna relación con Mélanie, Mélanie Levallois?

No lo pudo evitar.

Aunque la reacción de Mélanie en presencia de Julien había sido determinante, la semilla de la idea, en realidad, había aparecido al ver las fotos de Claire en casa de los Levallois, y el pósit en la nevera, con la frase de la canción y la firma «Dauphin», precisamente la misma contraseña del ordenador del Bellavista. O en aquel pueblo eran todos unos amantes de los delfines, o todo aquello guardaba relación con Claire. Los primeros brotes de la idea, aunque frágiles y diminutos, habían aparecido más tarde, cuando Camélia le había explicado que Mélanie y ella hacían videollamadas con Claire. A menudo. Cuando, según Julien, su hermana había perdido todo contacto con la gente del pueblo. Y, finalmente, la primera rama: el pósit con el nombre de Mélanie en la ventana de Ethan. Darse cuenta de que, si aparecía, era porque Anne la había mencionado en sus sesiones de grabación de las memorias y que, por tanto, alguna relevancia tenía en la historia.

Demasiadas casualidades.

Ethan apenas supo disimular su sorpresa, pero no dijo nada.

—Ethan, Claire y Mélanie... ¿estaban juntas? ¿Y Anne lo descubrió? ¿O Louis? ¿Es eso lo que pasó?

Ya está. Ya lo había dicho. Una teoría descabellada pero que necesitaba escupir.

—Sofia, te dije que no te metieras.

—No me he metido. Solo intento entender qué ocurrió que fuera tan grave como para que no quieran hablarse una hija y una madre en estado terminal.

Ethan se rindió. Cerró la puerta y se dejó caer lentamente sobre la cama, a su lado.

—Julien no lo sabe —dijo, mientras Sofia asentía—. Te lo explicaré una vez y prométeme que nunca más volveremos a hablar de esto.

—Vale, vale.

—Está bien... —tomó aire para continuar—. Verás... Anne siempre había sido muy controladora con Claire, pero porque ella también era una chica muy problemática, claro... El caso es que un día, en uno de sus arrebatos de desconfianza hacia Claire, Anne entró en su habitación mientras se estaba duchando y le miró el móvil a escondidas. Allí no encontró lo que buscaba (saber quién era el «chico» que había conseguido que su hija apenas pasara por casa), sino que encontró algo «peor». Vio mensajes que daban a entender que, para Mélanie, Claire era más que la canguro de Camélia... Y no pudo contenerse. ¡Su hija no solo era homosexual, sino que además estaba con una mujer mucho mayor que ella, y casada! El drama fue monumental. Y ya no hubo marcha atrás... Claire se sintió tan traicionada y dolida que desapareció. Anne... estaba enfadada y decepcionada. Y Louis... Louis decidió apoyar a su mujer. Pero eso no cambia nada, Sofia. Son hechos concretos, pero el contexto es el mismo.

—Entonces… ¿Anne sigue enfadada y decepcionada?

—No. Sé que siente lo que pasó. Pero supongo que se ha resignado a creer que es demasiado tarde para intentar recuperarla.

—Se ha rendido sin intentarlo.

—Sofia, se está muriendo —dijo, contundente—. ¿Por qué crees que está haciendo unas memorias? Es su manera de disculparse, de estar en paz con sus errores, con su pasado. Con Claire.

—¡Pero la puede llamar! Y decírselo ahora mismo. ¿De qué sirve escribir unas memorias que leerá cuando ella ya no esté? —dijo Sofia, un poco alterada.

—Tienes que respetar sus decisiones, como hacemos Louis y yo —dijo—. Sofia, Julien no puede saber nada de esto. Promete que no te meterás.

Sofia sacó todo el aire que tenía en los pulmones.

—No sé si podré.

De hecho, no he podido, se dijo.

—Si no te importa, me gustaría estar sola un rato. Ya jugaremos al ajedrez otro día —añadió.

Él obedeció sin añadir nada más. Se levantó del banco y se marchó. Sofia lo agradeció, aunque un tsunami repentino de culpa la devastó.

Julien le envió un mensaje pocos minutos después. Le preguntaba si estaba en el Bellavista y si le apetecía ver una película juntos. Sofia miró por la ventana. Unos nubarrones de lluvia se habían instalado en un pedazo de cielo, sin ninguna intención aparente de disiparse o trasladarse al de al lado. Volvió a leer el mensaje. Lo cierto es que se moría de ganas de verlo. De contemplar esos ojos hipnóticos. De abrazarlo bajo las sábanas. De elegir una comedia francesa cualquiera y oír su risa floja. De acariciar aquellas orejas perfectas con el dedo índice. Pero, al mismo tiempo, no tenía claro que fuera capaz de disimular la procesión que llevaba por dentro en ese momento.

Lo siento, pero hoy no puedo, Julien.

No se esforzó siquiera en poner una excusa. No tenía ninguna. Todo lo que se le ocurría eran futilidades. En ese momento, no habría rechazado una cena ineludible con las amigas o una cita de depilación láser inamovible. Sabía que a Julien le sabría mal. Que no lo entendería. Sabía que aquello tendría consecuencias.

No se hicieron esperar:

OK.

Sofia estuvo a punto de lanzar el móvil por la ventana e ir corriendo a la habitación de Julien. Y enviarlo todo a la mierda. No tenía ganas de que Julien dudara ni un solo segundo del hecho definitivo de que ella quería estar con él. Pero qué podía hacer. No quería mentir, pero tampoco quería decir la verdad. Y, para bien o para mal, su intuición no había fallado y la bomba ahora tenía muchas más probabilidades de explotar.

Solo quedaba esperar.

CAPÍTULO VEINTINUEVE

Los dos días siguientes pasaron sin pena ni gloria. Desde que había declinado la propuesta de ver una película juntos, la relación con Julien se había enrarecido una vez más. De algún modo, había quedado sobreentendido que a ella le pasaba algo y, lejos de buscar y encontrar una manera de solucionarlo como cualquier persona adulta funcional, lo único que había sabido hacer era no hacer absolutamente nada. Habría dado lo que fuera para poder congelar su historia, para poder volver cuando hubiera aclarado todo lo demás. Pero resultaba imposible. Seguramente él la había estado evitando, porque ni siquiera habían coincidido. No lo culpaba. Parecía una especie de acuerdo tácito, que jugarían al juego del silencio tortuoso hasta que alguien cediera. Él, porque se sentía dolido. Ella, porque era tan patética que todavía no sabía qué decir ni qué hacer.

Agarró el libro y bajó a leer, aunque sabía que a esa hora seguro que habría avispas. Pero las ganas eras más poderosas. La lectura en la terraza le hizo pensar en los primeros días que había pasado en Venanson, que básicamente se reducían a aquello.

Recordó la visita a Angela, la mujer que tenía el delantal de la Costa Azul y el privilegio de tener el mejor mirador del valle. Parecía que hubieran pasado años desde entonces. Recordó a aquella Sofia: tan perdida, tan frágil. Ahora se sentía más valiente. Ahora se sentía curada. A pesar de los frentes abiertos.

Tenía fe en que aquellas sensaciones tan positivas no fueran una ilusión que se iría disipando a cada kilómetro de su vuelta a casa. En Barcelona.

Quedaban poco menos de dos semanas para averiguarlo. El reloj corría a toda prisa. El tiempo se agotaba. El vértigo era evidente. ¿Cómo acabaría todo aquello?

Dos avispas aparecieron de la nada, y Sofia, aunque trató de contenerse, inició sus estrambóticas danzas habituales, hasta que Julien la llamó y, con el corazón a mil por hora, le dijo lo que menos esperaba oír en ese momento:

—Sofia —dijo con una voz seca—, esta tarde tendrás un *check-in*. Ha entrado la reserva hace nada.

La aparición de Julien había eclipsado por completo su fobia a las avispas. Se había parado en seco. Se lo quedó mirando, esperando que dijera algo más. Pero volvió hacia dentro.

—Así que un *check-in* —dijo Sofia, en voz alta—. Oportuno.

Pero resultaba que la habían contratado para aquello, así que no había nada que añadir. Soltó una carcajada seca, irónica, y acto seguido subió a arreglarse. Aprovechó para depilarse las cejas y el bigote, se puso un mono azul, y bajó a picar algo. Ya casi se había quedado sin provisiones. Pero aún quedaba *brie* y jamón ibérico —que, por cierto, le había costado un riñón— y, mientras quedara *brie* y jamón ibérico, el mundo no corría peligro. Sacó pan de la cesta donde siempre había, aunque nunca había visto a nadie rellenarla, y se lo zampó todo con ansia y deleite. Pocas cosas en la vida le gustaban más que aquella combinación de sabores, pensó. Y en seguida recordó que Manel odiaba el queso, así en general. Y una vez más se dijo que era evidente que aquello no habría podido salir bien.

Llamó a sus padres para matar el tiempo y porque sentía que los tenía abandonados. Lo hizo desde atrás del mostrador de los *check-in*, ante todos los recuerdos del ridículo que había protagonizado el primer día.

Su madre no tardó en contestar.

—Mamá, pon el altavoz, anda, que así papá también participa. —Era sábado por la mañana y Sofia los hacía en el sofá: su madre, haciendo bolsos de croché, su nueva afición; su padre, leyendo el diario y cagándose en la sociedad, en la política y en básicamente todo.

Sofia notó un eco que indicaba que su madre había tenido éxito en la tarea. Preguntó a su padre cómo estaba.

—Estamos bien, hija, te echamos de menos y estamos preocupados por ti, pero estamos bien —respondió su madre por los dos, como cabía esperar.

—¿Algún día dejaréis de estar preocupados por mí? ¡Estoy bien, estoy muy bien! ¿Que no me oís la voz?

Su madre tuvo que reconocer que sonaba animada, y Sofia se dio por satisfecha. En seguida se quedaron sin nada que decirse; a Sofia no le apetecía en absoluto explicarles sus últimas novedades sentimentales, y a sus padres no les había pasado absolutamente nada relevante desde la última vez que habían hablado, algo extensible a la última década, según cómo se mire. Se acompañaron un rato en silencio. Podía escuchar cómo su padre hojeaba el periódico y su madre hurgaba en los cajones de la cocina, mientras ella fisgoneaba los archivos del ordenador. Apenas había nada interesante, era el ordenador más aburrido del mundo. Un Excel con la contabilidad desactualizada, una lista de compras pendientes, y poco más.

—¿Qué haces, hija?

—Espero un *check-in*, mamá.

—¿Un qué?

—Una llegada. De unos clientes.

Se oyeron unos golpecitos en el vidrio de la puerta principal del Bellavista, y la manilla se movió.

—Ya están aquí. Hablamos en otro momento. Cuelgo. Besos.

La voz de su madre despidiéndose quedó cortada, sin piedad.

Pero quien entraba era Julien. Y se dirigía a ella, con una expresión preocupada.

—¿Podemos hablar? —dijo.

Oficialmente, había sido el primero en ceder.

Sofia se apresuró a asentir, a pesar de no tener claro que se sintiera preparada.

—¿Se puede saber qué te pasa? ¿Ahora eres tú quién tiene dudas? ¿Es eso? Pensaba que no querías más cambios de opinión. Pensaba que lo tenías claro. —Sofia tragaba saliva, se sentía fatal. Julien hablaba, con la mirada rota.

Aunque era previsible, aquellas palabras resultaron ser una dura puñalada. Se sentía disgustada con las circunstancias, con su nefasta gestión de la situación.

Pero no podía ser una hipócrita.

—No he cambiado de opinión. Solo… necesito un poco de tiempo.

Pensó que lo que acababa de decir la haría salir del paso. Lo que no pensó fue que, por mucho que la hiciera salir del paso, no era algo agradable de oír. Estaba sembrando dudas. Incertidumbre. Justamente lo que menos necesitaba Julien en ese momento. Se frotó los ojos con las manos. No sabía dónde meterse.

Julien no parecía enfadado, pero sí parecía decepcionado, y aquello era claramente mucho peor. No dijo nada más.

Se esfumó hacia su habitación, negando con la cabeza. Lo único que podía sentir Sofia era que la estaba cagando a marchas forzadas y que lo estaba complicando todo de forma gratuita.

Volvieron a llamar a la puerta del Bellavista y la manilla volvió a descender. Recordó el *check-in* y pensó que nada le apetecía menos en ese momento que ser simpática y cordial.

Pero quien apareció le rompió absolutamente todos los esquemas.

—Pero ¿qué haces aquí, Lara?

Sofia tenía los ojos desorbitados. No daba crédito a aquella aparición estelar. Se levantó de la silla y fue corriendo a abrazarla.

—¡Mujer, estás morenísima! Y más delgada —dijo Lara.

—Es que ahora salgo a correr, ¿sabes? —bromeó Sofia.

En seguida notó que le dolían las mejillas de sonreír. De repente, le gustaba ver aquel trocito de casa añadido al lienzo de su otra vida, se dijo. Era como si el universo le hubiera enviado a una amiga, consciente de que la necesitaba más de lo que ella creía. La observó rápidamente un par de segundos, pero no le costó advertir que ella también estaba más delgada, y no solo eso, sino que también tenía mala cara. Pero lo atribuyó fácilmente al viaje; sabía de sobras que no era sencillo llegar hasta aquel culo del mundo y seguro que estaba agotada.

—Así que eres tú quien ha hecho la reserva sorpresa de hoy —dijo, al ver que su amiga llevaba una maleta pequeña, de fin de semana. Todavía no se lo podía creer.

—¡Así es! Y mira que no ha sido nada fácil. He visto mejores páginas web... Pero tenía ganas de verte y darte una sorpresa. Y en coche no está tan lejos... —*Solo ocho horas*, pensó Sofia—. He venido a pasar unos días. ¡Espero no haberte fastidiado los planes!

—Ya sabes que aquí vamos un poco justos de eso —rio—. Me hace mucha ilusión que estés aquí, de verdad. ¿Y Pau?

—Pensé que era mejor así, tú y yo, ¿no? —dijo; le temblaba un poco la voz.

Sofia asintió. Se volvieron a dar un fuerte abrazo y se percató de que realmente la había echado de menos, aunque al mismo tiempo tenía la sensación de haberla abrazado por última vez hacía nada. La relatividad del tiempo no dejaba de sorprenderle.

Le dio la llave de la habitación número seis y subió a enseñársela.

—¡Es tan maravilloso y decadente como me lo habías descrito…!

Sofia sonrió y abrió las ventanas de par en par. Sabía que a su amiga le encantaría aquello.

—Ven aquí. Respira esto. Ya verás. Lo cura todo.

Lara obedeció. Cerró los ojos e inspiró y espiró profundamente. Sofia la observaba sentada en la cama, contenta de poder compartir con ella todo aquello. Aunque era cierto que le había insinuado que iría a verla, nunca había creído realmente que aquella escena tendría lugar.

Cuando Lara se dio por satisfecha, se giró y fue a sentarse junto a Sofia, que no tardó en darse cuenta de que su amiga había llorado.

—Lara, ¿qué ocurre? ¿Estás bien?

CAPÍTULO TREINTA

Se levantaron con una resaca monumental. Lara remoloneaba en la cama, mientras Sofia iba directa a vomitar. La cabeza le daba vueltas y sentía que tenía la presión arterial por las nubes. Cerró los ojos para tratar de simplificar la tarea de sobrevivir, reduciendo estímulos a procesar. No fue de gran ayuda.

—Sofi... —Una voz de ultratumba la llamaba desde la cama.

«Sofi». Lara se reservaba aquel hipocorístico para momentos críticos, porque sabía que Sofia lo odiaba. Pero, apoyada en la taza del inodoro y cada vez con menos ganas de enfadarse, consideró que sí era crítico y lo dejó pasar.

—Lara... —Su voz tampoco sonaba mucho mejor.

Parecían dos náufragas abandonadas a su suerte en medio del océano. La estampa, vista desde fuera, era desternillante.

Pensó en los vinos baratos de la noche anterior. En cómo habían arrasado con todo el arsenal secreto que Sofia guardaba en el armario sin pensárselo dos veces. Pensó en el esfuerzo que había supuesto que las botellas llegaran a aquel punto del universo —en el pasillo estrecho del supermercado Casino de Saint Martin, en su pesada mochila, en el martirio de su espalda, en sus piernas poco entrenadas recorriendo la pendiente hasta el pueblo encumbrado— y se dijo dos cosas: que era una idiota por no haberse dignado a comprar unos vinos más decentes teniendo en cuenta el esfuerzo, y que no habría imaginado nunca que los compartiría con Lara en aquella habitación y en aquellas circunstancias.

Entró en la ducha en un intento de recuperar fuerzas. Lara seguía en la cama; parecía que se había vuelto a dormir. El chorro de agua potente y frío le impactó en la cara e hizo una mueca.

—No estamos bien, con Pau... O él no está bien conmigo, mejor dicho... Dice que necesita tiempo para pensar... pero yo sé que el muy cabrón se ha enrollado con una del trabajo...

Sofia tenía la imagen de Lara diciéndole en bucle aquellas palabras la noche anterior, así como su expresión de desconcierto e incredulidad. Por eso tenía mala cara. Por eso había venido a verla sola.

Tras la confesión, su amiga había continuado desahogándose a gusto. Había sacado mierda incluso de donde seguramente ni siquiera había tanta, y Sofia la había dejado a su aire. Oír a Lara despotricando de su vida y de todo lo que formaba parte de ella era sinónimo de que la situación estaba al límite.

Pero todo había degenerado hacia las tres de la madrugada, con toda la porquería vomitada y esparcida y con la última botella casi agotada. Sofia recordaba el aire viciado y a su amiga soltando todo el llanto reprimido; recordaba cómo se había visto a sí misma: a ella muriendo de dolor por culpa de Manel, a ella con la vida patas arriba, a ella huyendo, y, finalmente, a ella sin aprender de absolutamente nada y complicando la historia con Julien sin entender muy bien por qué. También había llorado mucho. Y todavía le escocían los ojos.

Bajaron a desayunar poco después, aseadísimas y con gafas de sol, como buenas mujeres desesperadas, fingiendo que no había pasado nada. Afortunadamente, era tarde y todo el mundo había desaparecido. Las mesas de la terraza estaban vacías. Sofia preparó tostadas y café. Se sentía mejor y lo verbalizó:

—En el fondo, creo que me fue bien lo de ayer.

Lara daba un pequeño sorbo de café, a la espera de ver cómo lo toleraba su estómago resentido.

—Lo suscribo —dijo Lara.

Sofia sonrió.

—¿Qué quieres hacer hoy?

—Pues… podrías enseñarme tus lugares preferidos, ¿no? —Sofia asentía—. Pero no te pases, ¿eh? Un plan tranquilo, ya sabes…

—Un plan tranquilo, prometido. Aunque aquí todo es tranquilo, ¿todavía no te has dado cuenta?

—Realmente es un buen lugar donde refugiarse —dijo Lara.

—Sí, lo es. Creo que le estaré eternamente agradecida.

Siguieron desayunando en silencio, cada una pensando en sus movidas pendientes aún de gestionar, pero sintiéndose al menos acompañadas. El sol reinaba en el cielo, pero no hacía demasiado calor, así que se quedaron sentadas un rato largo, sin hacer nada más que dejar que les acariciara la piel, hasta que Ethan rompió el momento de paz, llegando con el coche y saludándolas de lejos.

—Este es Ethan —murmuró Sofia a Lara, antes de que llegara hasta ellas.

—¿El escritor? —replicó su amiga, juguetona, dándole un buen repaso.

Sofia reía.

—Tú debes de ser Lara, ¿no?

Ethan lo dijo en inglés, asumiendo que Lara no hablaba francés.

—Encantada, Ethan —dijo ella, asintiendo con una sonrisa dulce.

—Igualmente, ¿qué te trae por aquí?

—¡Se ha presentado por sorpresa! Parece que me echaba de menos... —se adelantó a decir Sofia.

—Muy bien. Me alegro, pues. En fin, chicas, voy arriba, nos vemos más tarde.

Ethan se despidió con un gesto de la mano. Las dos amigas también volvieron a la habitación poco después. A Sofia le daba una pereza tremenda tener que pasear a Lara por el valle para aprovechar el poco tiempo que tenían enseñándole lugares fotografiables y, por tanto, para hacer que las horas de coche que se había tenido que comer para visitarla valieran un poco la pena, pero debía hacerlo.

El primer plan que se le ocurrió, que también le daba pereza, pero al menos no tremenda, fue ir al Plain d'Eau. Le generaba cierto recelo que aquel lugar, que hasta ahora le había pertenecido a Julien y a ella, acabara mezclado con los recuerdos compartidos con otras personas. Pero sabía que a Lara le gustaría. Y también sabía que le iría bien un rato de toalla, cuerpo en posición horizontal, sol y silencio para poder descansar.

Se subieron al coche y Lara le puso una tras otra las canciones que estaban de moda aquel verano en Barcelona, con el fin de animarla y ponerla al día para cuando volviera y salieran de fiesta. Sofia rio.

—Pero ¿qué dices? ¿Tú sabes cuánto hace que no salgo yo? Años...

Era cierto, salían poco. No por falta de ganas, sino porque la rutina las machacaba. A menudo comenzaban la semana con una motivación extrema y la firme promesa de salir el viernes, aunque solo fuera para tomar una copa, pero el viernes llegaba y, con él, el inevitable desánimo. Porque sobreestimaban sus energías o porque subestimaban el poder de la vida para desgastarlas de lunes a viernes y hacer que, a finales de semana, el sofá, la televisión y la manta adquirieran un magnetismo imposible de ignorar.

—Ya, también tienes razón. Por aquí no hay, discotecas, ¿no?

Lo más fuerte de todo era que Lara lo preguntaba de verdad.

—¿Tú qué crees?

Sofia rio, mientras observaba a Lara, que miraba fijamente a la carretera. Llevaba las gafas de sol y también sonreía. En ese momento pensó que, para ella, Lara era lo más parecido a una hermana. No era una amiga que había escogido conscientemente, sino que el destino —o quien fuera— sencillamente había decidido juntarlas en el parvulario. Y, aunque eran diferentes en mil y un sentidos, realmente lo habían vivido todo, absolutamente todo, juntas, y la quería… la quería mucho. Tenía suerte de que estuviera allí en ese momento.

La mañana resultó ser reconfortante. De confidencias sin juicios. De amistad de verdad, vaya. Notaba distinta a Lara. Como liberada. Aquella necesidad de jactarse de todo había desaparecido. Quizá por la distancia. O quizá porque había tocado fondo y ya no había nada que maquillar. Se bañaron, jugaron a cartas —ya que Lara no era una gran lectora—, echaron una cabezada y luego decidieron volver al Bellavista a comer.

—¿Puedo conducir yo? —dijo Sofia.

La reacción no tardó en llegar:

—¿Cómo? ¿Sofia Ricart pidiendo conducir? ¿Qué te han hecho?

Sofia soltó una carcajada.

—Llevo días dándole vueltas y me siento preparada. Es un trayecto corto en una carretera poco concurrida... creo que lo podré hacer. Además, tu coche es automático, ¿no?

Lara se limitó a entregarle las llaves y a sentarse en el asiento del copiloto.

—Confío plenamente en ti. Lo harás genial.

Y sencillamente lo hizo. Recorrió las curvas de la carretera poco a poco, dejando que la sobrepasara todo el mundo, pero sintiéndose más poderosa que nunca. Lo importante era seguir adelante, al fin y al cabo, sin importar mucho el cómo. Así de simple.

Cuando llegaron a la plaza, bajaron del coche y corrieron a darse un fuerte abrazo, eufóricas por la proeza de Sofia. Fue un instante de felicidad brutal, candidato también al podio de los mejores momentos de su vida en Venanson, pensó.

Pero en seguida todo se enfrió de golpe: a Sofia no le costó nada darse cuenta de que en el Bellavista había pasado algo. Desde donde estaban, oía a Julien. Gritaba. Y él nunca lo hacía. Alzó la mirada para ver con quién hablaba.

—Lara, espera, vuelve dentro del coche. Creo que será mejor que no subamos todavía a la habitación.

—¿Por qué? ¿Qué pasa? —dijo, asustada.

—Claire está aquí. Y creo que es por mi culpa.

Era oficial: la bomba había explotado.

CAPÍTULO TREINTA Y UNO

Viendo el panorama, Lara y Sofia optaron por volver a Saint Martin y matar el tiempo en una cafetería. En lo que esperaban a que se enfriara el café con leche, elaboraban hipótesis sobre qué debía de estar pasando en el Bellavista, mientras Sofia se impacientaba cada vez más.

—¿Eres consciente de que puede que Julien no me hable nunca más? —dijo, dramática.

Lara puso los ojos en blanco.

—¿Y si lo único que he conseguido es que se odien aún más?

—Basta, Sofia. Intentemos pensar en otra cosa, anda.

—Creo que le voy a enviar un mensaje a Ethan —dijo Sofia, ignorando a su amiga, mientras sacaba el móvil.

—¿Y qué le dirás? —preguntó Lara, que tenía las manos rodeando la taza hirviendo.

—Le diré que sé que ha venido Claire y le preguntaré si sabe cómo están.

Y eso hizo. Ethan, como si fuera conocedor de la angustia que recorría el cuerpo de Sofia, no se hizo esperar. La estaba llamando. Sofia respiró hondo antes de descolgar; Lara la observaba, expectante.

—Estarás contenta —fue lo primero que dijo él.

—Pues no precisamente, no.

Él soltó una carcajada y Sofia sintió algo de alivio. Pero poco.

—¿Dónde estás? —dijo él.

—Estamos con Lara en Saint Martin, en la cafetería de la plaza, matando el tiempo.

—Ahora voy.

Tardó poco más de diez minutos en entrar por la puerta. Pidió un té chai en la barra y fue hasta donde estaban. Sofia nunca había estado más inquieta. Ethan agarró una silla vacía de otra mesa y se unió a ellas.

—*Français* o *English*? —dijo, mirando a Lara.

—Inglés está bien —confirmó Sofia.

Aunque añadía dificultad a la conversación y habría preferido el francés —lo último que le faltaba en ese momento era una barrera lingüística—, no tenía ganas de hacer sentir excluida a Lara y confió en que su nivel B2 de inglés sería suficiente para obtener la información que quería.

—He hablado con Julien —comenzó Ethan—. Tranquila, está bien. Está un poco descolocado con la situación, pero ya sabes que él sabe mantener la calma. Ahora están los cuatro hablando en la habitación de Anne. Y no sé cómo está yendo, pero sí puedo decirte que al menos no se estaban gritando.

Sofia no tenía suficiente con aquello.

—De acuerdo, pero explícame qué ha pasado desde el principio. ¿Estabas allí cuando ha llegado Claire?

—Estaba en la habitación y por la ventana he visto cómo llegaba un taxi. Cuando he visto que de él bajaba Claire no me lo podía creer. He ido a avisar a Julien y yo me he quedado observando desde arriba. Primero se han dado un buen abrazo, pero los reproches no han tardado en llegar, por supuesto. Claire no logra entender cómo su hermano no le había dicho nada de nada. Ni tampoco su padre. Aquí es cuando he visto que llegabais y os marchabais. Habéis hecho bien.

—¿Y después qué ha ocurrido?

—Han bajado el tono y ya no podía oírlos. Pero me ha parecido que se calmaban y se sentaban a una de las mesas. Más tarde ha aparecido Louis. Han estado un rato hablando los tres y después Claire ha subido a ver a Anne. Louis ha ido tras ella y yo he bajado a hablar con Julien, a ver cómo estaba.

—Entonces, ¿sabe Julien cómo se ha enterado Claire? —le preguntó con cara de sufrimiento, ya que era lo que más le preocupaba a ella. Lara la miraba intentando tranquilizarla.

—Sabe que se lo ha explicado Mélanie.

Aquella afirmación la convirtió en la culpable oficial, pero no dijo nada y dejó que Ethan continuara:

—Julien no entendía cómo había sucedido, así que le he dado mi opinión. Le he dicho que creía que tú habías tenido algo que ver con ello. —Sofia lo aceptó—. Lo siento, pero creía que merecía saber la verdad. Fuiste tú quien se lo dijo, ¿no? No supiste superar tu complejo de salvadora.

Sofia asintió lentamente. En parte, se sentía decepcionada porque la había acusado sin tener pruebas, pero en seguida admitió que los indicios eran evidentes, así que optó por ser práctica y no dar pábulo al rencor.

—Te prometo que decírselo a Mélanie no fue deliberado ni calculado… simplemente surgió la oportunidad y la aproveché. Sin pensarlo mucho. Sea como fuere, asumiré las consecuencias de mis actos, por descontado. Pero ojalá todo esto al menos sirva de algo. Positivo —aclaró—. ¿Julien parecía enfadado?

—No, creo que más bien estaba intentando procesarlo todo. Deberías hablar con él.

Observó a su amiga, que se había mantenido al margen de la conversación, pero escuchaba atentamente mientras se acababa el café. Su presencia le daba seguridad.

—Eso haré. Tan pronto como pueda.

Ethan sonrió.

—Creo que lo mejor será que lo dejes para mañana, que las aguas estarán más calmadas. Además, ahora están los cuatro encerrados en la habitación hablando y todo apunta a que tienen para rato. —Sofia estaba de acuerdo; aunque el paso del tiempo prometía convertirse en algo lento y arduo, esperaría—. ¿Os parece que nos vayamos ahora al Bellavista a descansar?

La noche fue silenciosa, fría y larga. Lara dormía plácidamente a su lado, una vez más, en lugar de en su cuarto. Ella optó por encender la linterna del móvil y leer. Necesitaba detener los pensamientos, las ideas absurdas que la invadían para llenar los vacíos, pero que no tenían ningún tipo de fundamento. Nunca había deseado tanto que llegara la mañana. Nunca había deseado tanto saber qué estaba pasando en otra habitación. Nunca había deseado tanto una conversación con alguien.

A las seis en punto dio por superada la noche y salió de la cama intentando no despertar a Lara. Se puso un chándal largo y bajó a tomar el fresco. *Me gustaría hablar contigo, cuando te vaya bien*, escribió a Julien, asumiendo que tendría el móvil en silencio, como siempre, y que por tanto lo leería al despertarse. A pesar de la complejidad general de la situación de los Fourquier, no quería dejar aquella conversación al azar. No quería que el conflicto se eternizara a la espera de que se alinearan los astros y coincidieran un momento a solas.

Julien bajó dos minutos después.

—¿Te he despertado? —dijo Sofia, sintiéndose culpable una vez más.

Julien negó con la cabeza y se sentó a su lado.

—No podía dormir —dijo él.

—Yo tampoco.

Él no dijo nada más, así que habló ella.

—Ethan me explicó lo que ocurrió ayer. Quería decirte que sí, que fui yo quien se lo dijo a Mélanie. Lo siento mucho.

Julien suspiró. Tenía la mirada perdida hacia delante, hacia la carretera.

—¿Cómo estás? —añadió ella, ya que él continuaba sin hablar.

—Estoy… asimilándolo todo. Ahora sé que no eres la única que me ha mentido. Pero sinceramente no tengo ganas de enfadarme. Prefiero pensar que ahora que ha salido toda la mierda por fin podremos perdonarnos todos. Nos ha ido bien hablarlo juntos. Solo necesito un poco de tiempo.

—Lo entiendo.

—No me gustó que pasaras por encima de mí, la verdad. Pero supongo que, en el fondo, siento que era necesario que sucediera todo esto.

Sofia no sabía qué decir. Posó la mano sobre la suya, esperando encontrar calor. Él no se movió. No enroscó los dedos en los suyos, ni tampoco se apartó. Suficiente. Se quedaron así, el uno al lado de la otra, en silencio. Hasta que apareció Claire.

Abrazó a su hermano por la espalda y le dio un beso en la coronilla. A Sofia le encantó aquella imagen, saber que estaban bien.

—Hola, Sofia. Encantada —dijo.

—Igualmente, Claire.

Se le hacía tan extraño tenerla allí delante, después de todo. En directo, era aún más guapa que en las fotografías.

—Siento interrumpir —dijo Claire—, pero, Julien, deberías subir a la habitación de mamá.

CAPÍTULO TREINTA Y DOS

Cruzaron la verja. Louis encabezaba la fila, con paso frágil pero firme, ayudado de un bastón. Detrás de él, Julien, cargando un pequeño altavoz que reproducía el *Hymne à l'amour*, de Édith Piaf, tal y como Anne había querido. Después, Claire. Y, por último, a unos palmos de distancia, Ethan, Sofia y Lara, que optaron por quedarse esperando en la entrada.

Sofia recogió unas cuantas lilas, como lo había hecho Camélia el día que habían ido juntas. Seleccionaba las más bonitas, una a una, y las guardaba con cuidado sobre la palma de su mano derecha para colocarlas sobre los restos de Anne antes de marcharse. Hacía esfuerzos titánicos para no llorar. Notaba el empuje de las lágrimas, raudas para brotar e iniciar el descenso. Había visto a Anne en una sola ocasión, pero la magnitud de la situación la superaba. No se sentía capaz de levantar la mirada. Sabía que, si miraba a Julien, que estaba justo frente a ella, se desmoronaría del todo.

La canción acabó y Louis, Julien y Claire se unieron en un fuerte abrazo.

Permanecieron así mucho rato, de pie y sin decir nada, llorando discretamente. Ante aquel paisaje mágico y bucólico, acompañando a Anne, queriéndose en silencio, perdonando las circunstancias, abrazando la vida.

En un momento dado, Julien se giró para mirar a Sofia. Le brillaban los ojos, y Sofia sintió que lo quería más que nunca y que lo único que necesitaba para marcharse de Venanson con el corazón tranquilo no eran caricias ni besos, sino saber que la perdonaba.

Se retiraron cuando el sol ya casi se había puesto. Hicieron todo el camino de vuelta al Bellavista en silencio.

Ethan, Julien, Claire y Louis se quedaron en una de las mesas de fuera bebiendo whisky, y Sofia y Lara fueron a la habitación.

—Seguramente no ha sido en absoluto la escapada que esperabas… Pero no sabes cuánto me alegro de tenerte aquí. Gracias, Lara.

Se dieron un abrazo eterno y descontracturante.

Sofia se puso a vaciar los armarios y a guardar toda la ropa en la maleta; Lara estaba distraída revisando el móvil y no le prestaba atención.

—Lara, he decidido que volveré contigo a Barcelona. Mañana.

—Pero ¿qué dices? —Levantó la vista del móvil y vio el panorama—. Pero ¿qué coño haces?

—¿Tú sabes la odisea que es volver en avión? —dijo Sofia.

—Supongo que estás de coña, ¿no?

—No me apetece para nada marcharme. Pero también sé que es el momento. He hecho lo que tenía que hacer. Me siento preparada para volver a Barcelona, Lara.

Sofia fue hacia el lavabo, a recoger los champús y las cremas. Miró por última vez a través del ventanal que tanto la había acompañado durante las mejores duchas de su vida y supo que la nostalgia sería colosal.

—¿Y Julien? ¿Qué harás?

—No lo sé. Nada. Dejarle espacio. Darle tiempo. Lo necesita. Y creo que yo también.

—¿Y qué piensas hacer cuando vuelvas? ¿Has estado mirando trabajos desde aquí? ¿Buscarás piso para ti sola?

Sofia se alegró de constatar que aquellas preguntas que antes de su llegada a Venanson la habían aterrorizado tanto no la alteraban en absoluto. Contestó, sincera:

—¿Pues te puedes creer que no lo sé y que tampoco me importa? El plan es que no hay plan. Estaría bien volver a trabajar de arquitecta, llevando proyectos por mi cuenta que me hagan ilusión, pero también tengo ganas de probar cosas nuevas, no lo sé. Me siento preparada para lo que venga, sea lo que fuere. Quizá suene extraño viniendo de mí, pero es la verdad. Sé que estaré bien.

—No tengo ninguna duda —dijo Lara, y la abrazó.

Cuando lo tuvo todo recogido, decidieron bajar con los demás, que continuaban con el whisky. Parecían tranquilos. Jugaban al parchís.

—¿Os parece bien si preparo algo de cena? —propuso Sofia.

Ellos no sabían que sería la última y temió que rechazaran la oferta, pero se animaron en seguida. Claire se levantó.

—Te ayudaré, si te parece bien.

Sofia asintió. Lara anunció que tomaría su relevo en el parchís y Sofia lo agradeció.

Claire sirvió dos copas de vino tinto y luego abrió la nevera. Tenía los ojos enrojecidos de haber llorado.

—¿Te apetece que preparemos una *quiche lorraine*? —propuso Claire.

—¿A ti también te gusta cocinar como a Julien? —dijo Sofia, intentando distender el ambiente.

Claire sonrió un poco y tomó la iniciativa en seguida. Sofia, muy a gusto, se limitó a cumplir las órdenes que ella le daba. Batió dos huevos, ralló queso emmental y fue a buscar la crema de leche, hasta que Claire dijo:

—Te quería dar las gracias. Si no hubiera sido por ti...

Le costaba hablar.

—No me tienes que agradecer nada. Me sabe mal, todo esto... —la cortó, suavemente.

—Y tanto que te lo tengo que agradecer. Si no hubieras hablado con Mélanie, si no le hubieras dicho que mi madre estaba tan enferma... el desenlace habría sido muy diferente.

—No sabía qué hacer... No quería meterme en vuestra vida. Yo sabía que ella mantenía el contacto contigo, pero tampoco estaba segura de hasta qué punto... Lo dejé en manos del destino, por decirlo de alguna manera... y... después me sentí tan mal...

—No te tienes que justificar. Hiciste lo que tenías que hacer.

—Le he fallado, a Julien.

—Se le pasará.

Claire metió la *quiche* en el horno y anunció que tardaría unos diez minutos. Se quedaron en silencio, mirando el suelo.

—Parecía que te estuviera esperando para marcharse —se atrevió a decir Sofia—. Quiero pensar que al menos ha podido despedirse en paz.

Claire levantó la vista.

—Puedes estar segura de que sí. Pudimos aclararlo todo, perdonarnos. Dejar de lado este orgullo salvaje y paralizador que tenemos ambas. Que teníamos, vaya —se corrigió.

—Es un consuelo.

—Sí —dijo Claire, dando un trago de vino. Sofia la imitó—. Gracias una vez más, Sofia. Estoy contenta de haberte podido conocer, de verdad. ¿Hasta cuándo te quedarás?

—Lo mismo digo. —Hizo una pausa, esbozando una media sonrisa—. Todavía me quedan ocho días aquí por contrato, pero he decidido que me iré mañana. Quiero dejaros vuestro espacio. Tenéis que hablar de muchas cosas. —Claire asintió—. Pero todavía no se lo he dicho a los demás. Estoy esperando el momento para poder hablarlo con Julien —añadió.

—Entiendo —dijo Claire.

Después rellenó la copa de Sofia y dijo:

—Voy a decirle a Julien que me sustituya, pues.

No tuvo ni tiempo de contestar. Se quedó sola en la cocina, con el calor del horno acariciándole los muslos. Apuró la copa de un trago. Se sentía triste, pero al mismo tiempo, bien. No se iría con las manos vacías, ni mucho menos. Y, aunque le habría encantado poder tener también un final feliz y redondo con Julien, intentaba convencerse de que ellos tenían aún toda la vida por delante para conseguirlo.

—Claire me ha dicho que me necesitabais en la cocina —dijo Julien, mientras se ponía un delantal—, pero veo que la *quiche* está en el horno.

Sofia le sirvió una copa de vino.

—Quería hablar contigo. ¿Cómo estás?

—Bien, estoy bien dentro de lo que cabe. ¿Y tú? —dijo, sereno.

—Yo… Julien, yo te quería decir que me voy mañana. Creo que es lo mejor para todos ahora mismo. Vosotros tenéis que gestionar muchas cosas y yo me siento preparada para reconciliarme con la Sofia que dejé en Barcelona. —Julien no parecía sorprendido. Sofia notaba los latidos del corazón—. Pero quería que supieras que, de esta nueva vida, sigues siendo mi preferido. Siempre serás mi preferido. —Aquello le había salido de las entrañas.

Julien reflexionó un instante.

—Sofia... de acuerdo. Pero esto no es ninguna nueva vida, lo sabes, ¿no? Es tu vida que cambia, evoluciona, avanza. Igual que la mía —dijo.

Sofia no pudo contener las lágrimas que llevaban tanto rato ansiosas por aflorar.

—Yo también me iré. Creo que es el momento de hacerlo, igual que tú. Quiero ir a Niza, aprender a cocinar de verdad, buscar y encontrar mi lugar en el mundo. Ser por fin el protagonista de mi vida.

Aquello era lo último que había esperado Sofia, pero se alegró mucho.

—¿Lo acabas de decidir ahora mismo?

—Sí —rio.

—Pues estoy muy orgullosa de ti.

Julien le dio un beso largo, bonito, necesario. Sin sabor a despedida.

—¿Nos volveremos a ver?

—Y tanto que nos volveremos a ver. Soy cabezota, ya lo sabes.

Él sonrió, satisfecho, y se puso las manoplas para sacar la *quiche* del horno. Sofia la olió con ganas.

—Hmm, esto estará delicioso.

Salieron al comedor, mientras el resto desmantelaba la partida de parchís a medio acabar y colocaba los cubiertos, y finalmente brindaron todos juntos con las copas llenas antes de proceder a devorarla.

EPÍLOGO

Querido diario:

Ha pasado un año y cuatro meses desde el primer día que pisé esta plaza. Llovía a cántaros y estaba perdida.

Hoy hace un sol radiante. Acabo de enviar un mensaje a mis padres y a Lara para informarles de que ya he llegado. Pongo un pie en el asfalto de esta carretera y me siento en casa. La terraza del Bellavista está hasta los topes, y en seguida compruebo que es cierto, que la fachada del hotel ha sido restaurada exactamente como yo había propuesto, tal y como me había prometido Julien.

Él está en la cocina. Lo veo desde aquí. Saco los maletones pesados del coche, que he conducido desde Barcelona porque me negaba a repetir aquella odisea. El ruido de las ruedecillas me delata; todo el mundo me mira. Se produce un instante inicial de desconcierto —«¿Qué hace esta mujer aquí?»—, pero, en seguida, esa gente que apenas me saludaba cuando llegué se pone de pie para recibirme. Julien y Claire no tardan en salir y en levantarme en brazos. Él me da el beso que mis labios ansiaban desde hacía un año y dos meses. Un beso de película. Un beso de verdad, ¡por fin!, y no por videollamada. Espero de todo corazón no necesitarlos nunca más.

Louis no tarda en salir a abrazarme. Está visiblemente más viejo, pero ahora ha vuelto a aprender a amar la vida, y juega a petanca con amigos, y lee, y recibe a los clientes *avec plaisir*.

Ethan no está y en seguida echo en falta verlo sentado en aquellas sillas de plástico blanco. Pero sé que las cosas le van bien, que está en Otford acabando de escribir las memorias de la familia Fourquier.

Hoy no hay avispas, por cierto.

Sonrío. Con ganas. Pienso que más tarde iré a ver a Mélanie y a Camélia, que seguro que ha crecido dos palmos. Y luego entro por fin al Bellavista, que ahora es un hotel reformado y con la página web a reventar de reservas. Y me echo a llorar porque estoy emocionada.

—Habéis seguido fielmente todas mis indicaciones a distancia… —digo.

—¿Qué creías? No podía ser de otra manera. ¡Tu primer proyecto como arquitecta *freelance*, aquí lo tienes! ¿Quieres subir a ver cómo ha quedado tu estudio?

Asiento efusivamente, mientras de la cocina me llega un aroma delicioso, a patata y queso.

—¿Esto lo has aprendido en la escuela de cocina de Niza?

Julien sonríe. Ahora es el chef del restaurante del hotel y Claire compagina el trabajo de maestra en Saint Martin con la gestión de las reservas del Bellavista. Lo abrazo fuerte y me digo que, mientras que para todos ya es temporada de cambio de armario, de comer boniatos, de pisar las hojas secas, de admirar los colores rojizos de los bosques y de volver a la fruta aburrida, para mí la única realidad es que acaba de empezar una primavera expectante y deliciosa, y que vendrán curvas, muchas curvas.

Pero ahora ya no me da miedo conducir.

AGRADECIMIENTOS

Escribir esta novela ha sido como recorrer un largo camino por carretera, donde te vas encontrando de todo: desde paisajes maravillosos hasta baches inesperados. Por este motivo, quiero agradecer a todas las personas que me han acompañado.

A mis amigas del alma (ya sabéis quiénes sois), por intentar, incansablemente, asfaltar cada tramo, convertir las curvas en rectas y cubrir de flores los márgenes. (Con mención especial a Carlota, que, además, revisó la ruta e hizo aportaciones tan valiosas como necesarias).

A mi hermano y a mis padres, por ser mis áreas de servicio. Por estar ahí cuando necesito hacer una parada o sencillamente tener un refugio donde recuperar fuerzas.

A Núria, por ser mi copiloto de confianza.

A Iago y a Leo, por creer en mí y hacer posible el viaje.

Y a Edu, por encima de todo: por ser mi GPS cuando me pierdo. Por la paciencia infinita cuando no sé qué desvío tomar. Por creer en mi conducción más que nadie en el universo. Por hacer que el trayecto sea siempre más bello.

¿TE HA GUSTADO
ESTA HISTORIA?

Escríbenos a...

Y cuéntanos tu opinión.

Conoce más sobre nuestros libros en...

 plataeditores

 PlataEditores